Sófocles

Antígona

❖

Edipo Rey

Cántaro
EDITORES

Colección Del Mirador

Dirección editorial: Raúl González
Dirección de Colección: Prof. Silvina Marsimian de Agosti

Los contenidos de las secciones que integran esta obra
han sido elaborados por:
Prof. Mónica Boggero de Paz

Imagen de tapa: Moebius
Diseño de cubierta: Luis Juárez
Diseño interior: Lidia Chico
Correctora: Lic. Cecilia Biagioli

I.S.B.N. Nº 950-753-007-X
© **Cántaro** editores 1997
Ramón Carrillo 2314 (1650), Tel. 754-8721 San Martín
Buenos Aires, Argentina

Colección Del Mirador
Literatura para una nueva escuela

Estimular la lectura literaria, en nuestros días, implica presentar una selección adecuada de obras y unas cuantas estrategias lectoras que permitan abrir los cerrojos con que guardamos, muchas veces, nuestra capacidad de aprender.

Ahora, si nos preguntáramos qué hay de original en esta propuesta, no dudaríamos en asegurar que es, precisamente, la arquitectura didáctica que se ha levantado alrededor de textos literarios de hoy y de siempre, vinculados a nuestros alumnos y sus vidas. Trabajamos tratando de lograr que "funcione" la literatura en el aula. Seguramente en algún caso se habrá alcanzado mejor que en otro, pero en todos nos esforzamos por conseguirlo.

Cada volumen de la **Colección Del Mirador** es producido en función de facilitar el abordaje de una obra desde distintas perspectivas.

La sección **Puertas de Acceso** busca ofrecer estudios preliminares que sean atractivos para los alumnos, con el fin de que éstos sean conducidos significativamente al acopio de información contextual necesaria para iniciar, con comodidad, la lectura.

La Obra muestra una versión cuidada del texto y notas a pie de página que posibiliten su comprensión.

Leer, saber leer y enseñar a saber leer son expresiones que guiaron nuestras reflexiones y nos acercaron a los resultados presentes en la sección **Manos a la Obra**, en la cual se trata de cumplir con las expectativas temáticas, discursivas, lingüísticas, estilísticas del proceso lector de cada uno, apuntando a la archilectura y a los elementos de diferenciación de los receptores. Se agregan actividades de literatura comparada, de literatura relacionada con otras artes y con otros discursos, junto con trabajos de taller de escritura, pensándose que las propuestas deben consistir siempre en un "tirar del hilo" como un estímulo para la tarea.

En el **Cuarto de Herramientas,** se propone otro tipo de información más vivencial o emotiva sobre el autor y su entorno. Incluye material gráfico, documental y diversos tipos de texto, con una bibliografía comentada para el alumno.

La presente **Colección** intenta tener una mirada distinta sobre qué ofrecerle a los jóvenes de hoy. Su marco de referencia está en las nuevas orientaciones que señala la reforma educativa en práctica. Su punto de partida y de llegada consiste en aumentar las competencias lingüística y comunicativa de los chicos y, en lo posible, inculcarles amor por la literatura y por sus creadores, sin barreras de ningún tipo.

❖

❖

Puertas de acceso

**Brevísimas referencias al origen y desarrollo
del teatro griego**

Cuentan que en Grecia, hacia el siglo VI antes de Cristo,
durante las festividades en honor al dios Dionisio, un coro de
casi cincuenta hombres, vestidos con pieles de chivos o machos
cabríos, danzaban y entonaban un himno o canto festivo,
alrededor de un altar, en la plaza de un poblado. La imagen de
Dionisio era transportada en procesión hasta allí. Cuando los
chivos o sátiros[1] interrumpían su canto para tomar aliento, se

---

[1] Representan en la mitología griega, alegóricamente, la vida alegre y desordenada
de los adoradores del dios del vino. En todas las fiestas dedicadas a Dionisio,
desempeñaban un papel importante, provistos de copas y agitando el tirso.

introducía entre las estrofas el recitado de uno solo. Surge, entonces, el diálogo donde ya había acción. Así nace la tragedia[2]. Así comienza el teatro occidental, unido a los festejos relacionados con los ritos de la vegetación, ya que Dionisio en Grecia (como Osiris en Egipto) representa al dios que muere y resucita, a imagen del ciclo de las estaciones.

El teatro se convierte en una institución del Estado para el griego y las representaciones son concursos en ocasión de realizarse las ceremonias religiosas y cívicas llamadas Leneas y las más famosas, las Grandes Dionisíacas, celebradas estas últimas durante la primavera, cuando la navegación era más fácil y llegaban extranjeros al Ática.

Hacia el 535 a.C., Tespis logra ganar el primer concurso de tragedia, organizado por Pisístrato para el festival dionisíaco. Los que dieron impulso y desarrollo extraordinarios a la tragedia fueron los tres grandes autores: Esquilo, Sófocles y Eurípides[3].

Esquilo (segunda mitad del siglo VI a.C.) agrega un segundo actor al ya introducido por Tespis y disminuye la importancia del coro, al mismo tiempo que intenta que el interés del espectador se centre en la parte dialogada.

Sófocles (siglo V a.C.) introduce un tercer actor y aumenta el número de coreutas de doce a veinte hombres y da mayor vivacidad dramática a la obra.

Eurípides (nacido a fines del siglo V a. C.) disminuye la importancia del coro, el cual muchas veces deja de asistir al desarrollo de la acción.

A sala llena

Los griegos del siglo de Pericles, al igual que nuestros contemporáneos, valoraban el esparcimiento producido por el teatro. Pero además sentían que participaban de un patrimonio

---

[2] Si nos atenemos a su etimología (TRAGOS: macho cabrío; ODE: canto), la tragedia es "el canto del macho cabrío".

[3] Sobre estos tres autores y sus obras pueden consultar el cuadro comparativo que figura en CUARTO DE HERRAMIENTAS.

común y veían en el teatro un elemento capaz de ayudarlos a entender su manera de vivir, su religión y su propio y peculiar espíritu. Es decir, aunaban el sentido lúdico con el cívico-religioso.

El público teatral estaba compuesto por atenienses y extranjeros, sin atender a su estado socioeconómico. A la tragedia asistían también las mujeres y los esclavos. Cuando los ciudadanos eran pobres, el Estado se encargaba de pagarles la entrada, lo que demuestra la importancia social que se otorgaba a estos espectáculos.

Acerca de los actores

Se los llamaba **hipocritai** –hipócritas, en castellano–, palabra que hoy también se usa para designar a una persona que finge o aparenta lo que no es o lo que no siente.

Los actores usaban un atuendo especial y, además, máscaras.

¿Cómo era el local teatral?

En un primer momento, el local dramático se construyó utilizando madera, luego piedra, y su forma era semicircular[4].

Tenía partes bien definidas:

a) el **auditorio** era la parte en la que se ubicaba el público y consistía en una serie de gradas tabladas en la colina. En el espacio llamado **theatron**, el sacerdote de Dionisio ocupaba el asiento central;

b) la **orchestra** era el círculo en el cual el coro se colocaba de espaldas al público;

c) el **proscenio** era la parte posterior de la orchestra y de frente al auditorio, donde se desarrollaba el acto teatral propiamente dicho;

d) la **skené** –escena– representaba habitualmente la fachada de un palacio o de un templo. Recordemos que los personajes de la

---

[4] En CUARTO DE HERRAMIENTAS, encontrarán imágenes de teatros griegos.

tragedia griega pertenecen a la nobleza y sus acciones se desarrollan públicamente, en presencia de los ciudadanos (la vida de los reyes es pública, sus desdichas hieren a la ciudad toda) y ante los dioses, bajo cuya mirada el hombre se conduce. La **skené** estaba regulada por cierto número de convenciones que el público conocía a la perfección; la fachada, que cumplía la tarea de telón de fondo, tenía tres o cinco puertas y, según por cuál de ellas saliera el intérprete, eso significaba que el correspondiente personaje procedía de la ciudad en que transcurría la acción, de sus alrededores, de algún sitio más lejano o simplemente del interior del palacio o templo representado en la escena misma.

Estos locales teatrales tenían capacidad aproximadamente para 30.000 personas, como en el caso del teatro de Dionisio, en Atenas, o albergaban entre 15.000 y 17.000 espectadores, como el anfiteatro de Epidauros, en Corinto. Estaban ubicados al aire libre, por lo general en la ladera de una colina. Hoy en día siguen siendo utilizados como "salas" teatrales.

Los recursos escenográficos llamaban la atención de los espectadores. Entre ellos, encontramos:

- **el enquiclema,** que servía para mostrar al público algo que había sucedido fuera de escena; en el momento indicado, se abría una de las puertas y se introducía una plataforma rodante, que era retirada una vez que se había visto lo que era necesario;

- una especie de **grúa que traía a las deidades;** otros personajes eran descolgados sobre el escenario o levantados por el aire; una **plataforma** elevada en la que hacían su aparición los dioses que intervenían favorablemente o no en el conflicto; esto último permitía la realización de otro recurso, llamado *deus ex machina*, que posibilitaba el ingreso de uno o más dioses en escena, para solucionar conflictos que sólo estaban en sus manos resolver;

- distintas **máquinas útiles para producir sonidos,** como los de los truenos y relámpagos.

La estructura de las obras del teatro griego

Contrariamente a las modernas, las piezas teatrales griegas no están divididas en actos o jornadas. Todas están escritas en verso y compuestas en cinco partes, que pueden variar según los autores:

1) **prólogo:** precede a la obra misma y permite conocer la prehistoria, es decir los antecedentes de la acción que se desarrollará a continuación;

2) **párodos:** es el canto inicial, solemne, entonado por el coro al entrar a escena;

3) **episodios:** son los momentos en que la acción se desarrolla, evoluciona; se destaca, entre estos momentos, el **agón,** episodio que consiste en el diálogo entre los personajes más importantes;

4) **estásimos:** son cantos líricos a cargo del coro, que separa los episodios;

5) **éxodo:** es el episodio final de la obra.

Hablemos de la tragedia

Los griegos representaban tragedias, comedias y piezas satíricas. Estas últimas se caracterizaban por tratar un tema heroico cómicamente.

En lo que respecta a las otras dos, Aristóteles, en su *Poética,* las distingue de esta manera: la **tragedia** es la imitación o retrato de los "mejores", entendiendo por "mejores" a las personas de alto rango social, que eran nobles no sólo por herencia, tradición o por el poder que ejercían, sino por la dignidad de sus acciones, óptimos para conducir la ciudad; la **comedia**, en cambio, era la imitación o retrato de los "peores", es decir, de la gente común, de los aspectos risibles de su comportamiento.

De la larga exposición que sobre la **tragedia** da Aristóteles, podemos sacar las siguientes conclusiones:

* la tragedia es una acción escénica, no un simple recitado, oponiéndose así a las formas de la lírica y épica (definición formal);

* la tragedia es la imitación de acciones heroicas en deleitoso lenguaje (definición estética);
* la tragedia tiende a modificar el ánimo del espectador, provocando en él emociones de temor y de piedad, es decir que el espectador siente compasión por la situación trágica que vive el personaje y teme que a él pueda sucederle lo mismo (definición psicológica);
* la tragedia debe producir la purificación o "catarsis" de estas mismas pasiones de temor y piedad que ella provoca, eliminando así en el hombre toda propensión pecaminosa por medio del ejemplo que propone. Purificación de las pasiones quiere decir que, una vez que la razón se ha sobrepuesto a las emociones, depurándolas, el espectador experimenta una especie de higiene del alma que le permite aprehender la significación moral de la tragedia (definición ética).

Sobre héroes y dioses

Para poder entender las tragedias que van a leer es necesario saber que la tragedia tiene como tema permanente el castigo de las culpas humanas y éstas son concebidas como pecados. El acto pecaminoso es la soberbia o exceso (**hybris**) que lleva al hombre a cometer actos no permitidos por el destino, en la creencia de que puede realizarlos sin recibir el castigo de la justicia. En efecto, todo hombre, al nacer, recibe su porción de existencia o destino (**moira**) de acuerdo con la cual debe vivir. Todo intento de hacer algo que no esté en su moira realizar es obrar contra el destino. Pero, como el hombre ignora su suerte, no puede prever el pecado hasta que lo realiza de una manera irremediable, en medio de una ceguera, propiciada, en ocasiones, por los mismos dioses. El pecado es, por consiguiente, fruto de la inmoderación del hombre; en otras oportunidades, resulta del conflicto entre la pasión arrebatada y la razón moderadora; a veces, el hombre es advertido de que puede pecar, pero arrastrado por su soberbia más allá de lo lícito, no hace caso de las advertencias de los dioses; finalmente, el hombre puede ser inocente y ser arrastrado al pecado por dioses que quieren castigar, en él, pecados de los antepasados. Por lo tanto, con esto, el poeta consigue crear en el espectador el temor y el pudor. Temor ante lo sagrado, como miedo de contrariar con sus actos la voluntad inquebrantable de los dioses, empeñada en mantener el orden en el mundo. Este temor engendra el pudor, que debe ser entendido como respeto por lo divino.

La acción trágica se caracteriza por la existencia de la **peripecia**. Aristóteles la define como la "inversión de las cosas en sentido contrario"; con esto quiere decir que un rasgo de la tragedia es el cambio de suerte, de destino, de ideas, de fortuna del protagonista o héroe trágico. ¿Por qué se produce esta inversión? ¿Quién la determina? La respuesta es de carácter teológico: quienes determinan la inversión de los sucesos son los dioses o, de una manera más absoluta, el destino. Y la razón por la cual el pensamiento o los actos del héroe son invertidos en su perjuicio es que éstos han sido pensados o realizados contra el destino. Finalmente, esta inversión tiene el carácter de un castigo. Como los actos o el pensamiento de un héroe constituyen una violación del orden establecido, la desgracia que recae sobre sus hechos y sobre su persona es concebida como el castigo por su impiedad.

Este proceso que hemos señalado anteriormente con respecto al personaje trágico, que pasa de la buena a la mala fortuna, está en función directa con el efecto psicológico que la tragedia aspira a provocar en el espectador. En este sentido, el primer efecto es la simpatía (**sympatheia** -sufrir con, identificarse con-) por el héroe, que el poeta robustece asignándole una suma de virtudes, especialmente la de salvador o benefactor de la ciudad. Por esto, moralmente, Aristóteles señala que el héroe no debe ser rematadamente perverso ni excelente, ya que el castigo del primero no causa impresión por lo merecido, en tanto que la peripecia del segundo provoca compasión y no sentimiento de justicia. Psicológicamente, pues, el héroe debe ser vulnerable: debe haber en él una disposición al error, que lo haga pecar siendo bueno, pero sin llegar a señalarlo como

13

perverso, ya que su castigo tiene que conmover al espectador. Esta modificación en la fortuna del personaje, dijimos, provoca una inversión psicológica en el espectador cuando sus sentimientos son conturbados por ella. A la simpatía inicial por el héroe le sucede el temor que provocan sus acciones pecaminosas y la posibilidad de ser castigado por los dioses; luego, al término de la pieza, la compasión por sus desgracias aparece como sentimiento dominante. Pero el poeta trágico no se queda en esta simple evolución afectiva sino que la emplea en beneficio de la enseñanza que quiere brindar: el momento decisivo de la tragedia está en la **anagnórisis** o reconocimiento de los errores cometidos, además de asumir la responsabilidad que le corresponde. Los actos pecaminosos de los hombres se proyectan, de modo inmediato, sobre la ciudad en que viven. Es la **polis** la que se perjudica y por eso hay una significación política de la tragedia. En este sentido recordemos que las instituciones de la ciudad no sólo garantizan al ciudadano una administración de la cosa pública, sino, fundamentalmente, el respeto de los -sus- derechos. El Estado mantiene la intangibilidad de la ley sosteniendo la armonía del cosmos político. La **eunomía** (buen gobierno) se asegura por el respeto a la ley, que no es sólo para las leyes, no escritas, de los dioses, a cuya semejanza han surgido aquellas. Si la vida diaria puede mostrar al hombre ejemplos de individuos que han escapado del brazo de la justicia luego de violar la ley, la tragedia enseña al ciudadano que la ley es inviolable y que si alguno escapa de la sanción de la ciudad, no así de la de los dioses. Existe interés político en que el hombre aprenda que toda culpa se expía sobre la tierra. El orden de la polis que él integra no puede ser quebrantado impunemente porque forma parte de la armonía universal.

Un hombre, todos los hombres

La tragedia es, ante todo, una lucha. De esos adversarios, uno es el **héroe trágico**, el protagonista, quien puede enfrentarse con lo cósmico o con los principios de la existencia histórica, o puede enfrentarse con los dioses. Lo curioso es el desenlace: en cualquier enfrentamiento se interpreta que el que fracasa es el culpable, no así en la tragedia griega, donde el triunfo está en el que sucumbe, es decir, se triunfa en el fracaso. ¿Por qué? Porque lo que triunfa es lo universal, el orden cósmico, el orden moral. El hombre trágico no es aquel que simplemente sufre lo espeluznante, sino el que sabe el porqué. Y no sólo lo sabe, sino que su alma cae en el más elocuente desgarramiento. El espectador se compadece, la tragedia se reviste de humanidad, porque desde el dolor se le dice al hombre: "eso eres tú". Su pequeñez –nuestra pequeñez– se revela en el dolor y en la acción trágica. Su grandeza –nuestra grandeza– se revela en nuestro sacrificio en pos del orden universal, del orden moral.

El héroe dramático no es sólo un hombre particular, sino el **hombre**, a través del cual el espectador descubre la esencia misma de lo humano, su propia esencia, su condición; el espectador ve en este hombre una nueva recreación del mito de la caída, pero también la esperanza del reconocimiento de las propias limitaciones ante el poder absoluto de la divinidad (**sophrosyne**).

Antígona y su pre-historia o quién es quién

El mejor "archivo familiar" lo encontramos en la reconstrucción de varias tragedias, no todas del mismo autor.

Pesa sobre los descendientes de Lábdaco, los Labdácidas, una maldición. Layo, rey de Tebas, al consultar el oráculo, sabe que el hijo que espera su mujer, Yocasta, lo matará. Para evitarlo, no bien nace el niño, cometen un filicidio: mandan matarlo. El encargado de arrojar al pequeño desde lo alto de un monte se apiada de él y lo cede a un pastor de Corinto recomendándole que nunca permita que ese niño vuelva a Tebas, pues está condenado a morir. El pastor de Corinto, sabiendo que Pólibo y Mérope, reyes de esta ciudad, son estériles, decide llevárselo. Así, Edipo será criado como digno hijo de reyes sin saber que

15

estos padres no son sus padres verdaderos. Siendo Edipo ya adulto, consulta el oráculo, y como los dioses no mienten ni cambian de opinión, Edipo escucha el mismo mensaje: matará a su padre. Edipo, que ama a Pólibo y, por supuesto, no desea matarlo ni siquiera accidentalmente, huye de Corinto para eludir el oráculo. En un cruce de caminos se encuentra con la comitiva real de Layo, con quien lucha –al igual que con su comitiva– y a quien mata. Tiempo después, al llegar a Tebas, ve una esfinge colocada por los dioses a las puertas de la ciudad. Esa esfinge presenta un enigma dispuesto a ser dilucidado por cualquier varón que se arriesgue a las consecuencias de su fracaso: ser devorado por ella. Si, por el contrario, acierta, será recompensado con el trono de Tebas y el matrimonio con Yocasta, la reina viuda. Edipo acierta y obtiene su premio: se casa con Yocasta, su madre, sin que ninguno de los dos intuya el vínculo que verdaderamente los une. Ellos tendrán cuatro hijos: **Polinices, Etéocles, Antígona e Ismena,** además de un reinado próspero.

A partir de aquí y con una terrible peste que devasta la ciudad de Tebas, sigue la historia de Edipo en la tragedia que lleva su nombre, *Edipo Rey.*

Ésta continúa en otra tragedia *Edipo en Colona.* Ciego y andrajoso, Edipo es guiado por su hija Antígona hacia un lugar en que según los oráculos deberá morir, además de augurarle que la tierra donde él muera será feliz y estará protegida de sus enemigos. Creonte quiere asegurarse esta felicidad para Tebas y pretende llevarse a Edipo. El pueblo de Colona, representado por el coro, defiende la voluntad de Edipo. Polinices también quiere llevarse a su padre, pues piensa que lo ayudará a recuperar el trono usurpado por su hermano Etéocles. Edipo no accede y, reconciliado consigo mismo y con los dioses, se prepara para morir en Colona, ciudad ateniense.

La lucha entre los hijos varones de Edipo y Yocasta está desarrollada en una tragedia de Esquilo, *Los siete contra Tebas,* tercera de una trilogía formada por *Layo,* en primer término y *Edipo* en segundo lugar.

Según *Los siete contra Tebas*, Etéocles es el rey de Tebas y mortal enemigo de su hermano Polinices. Estos dos, al igual que sus hermanas, serán víctimas también de la maldición que pesa sobre los Labdácidas. Polinices, de acuerdo con el rey de Argos, Adrasto, marcha contra Tebas. La tragedia comienza cuando el ejército de Argos –seis guerreros, además de Polinices– está instalado en plan de combate a las puertas de Tebas. Un emisario le dice a Etéocles el nombre de los siete guerreros, y vuelve con los nombres de los guerreros tebanos que se confrontarán con los argivos; contra Polinices se enfrentará el mismo Etéocles. Así se disputarán la herencia paterna. La muerte de ambos hermanos es narrada por un mensajero. Termina la obra con la decisión de los magistrados tebanos de no dar sepultura a Polinices, mientras entierran con todos los honores a Etéocles. Ante esta decisión se rebela Antígona, y mientras Ismena acompaña a su hermano Etéocles, Antígona acompaña a Polinices.

Sófocles retoma esta historia desde el momento en que Creonte asume el reinado de Tebas y la enfoca desde el personaje de Antígona en la tragedia que lleva su nombre.

❖

Nota del editor

Para las obras *Antígona* y *Edipo Rey* se siguió la traducción de Agustín Blánquez en *Dramas y tragedias*, de Sófocles, Barcelona, Iberia, *Obras Maestras*, 1967. Sobre esta traducción se han hecho modificaciones que respetan el texto original en griego.

❖

ANTÍGONA

Personajes
(por orden de aparición)

Antígona — (Hija de Edipo y hermana de Polinices, Etéocles e Ismena)

Ismena

Coro de ancianos

Creonte — (Rey de Tebas, tío de Antígona e Ismena)

Guardián

Hemón — (Hijo de Creonte y Eurídice, y prometido de Antígona)

Tiresias — (Adivino ciego)

Niño — (Lazarillo de Tiresias)

Mensajero

Eurídice — (Esposa de Creonte)

Séquito de Creonte

La acción en el Ágora[1] de Tebas, ante la puerta del palacio de Creonte. La víspera, los argivos[2], mandados por Polinices, han sido derrotados: han huido durante la noche que ha terminado. Despunta el día. En escena, Antígona e Ismena.

PRÓLOGO

Antígona.- Tú, Ismena, mi querida hermana, que conmigo compartes las desventuras que Edipo nos legó, ¿sabes de un solo infortunio que Zeus no nos haya enviado desde que vinimos al mundo? Desde luego, no hay dolor, ni maldición, ni vergüenza, ni deshonor alguno que no pueda contarse en el número de tus desgracias y de las mías. Y hoy, ¿qué edicto es ese que nuestro jefe, según dicen, acaba de promulgar para todo el pueblo? ¿Has oído hablar de él, o ignoras el daño que preparan nuestros enemigos contra los seres que nos son queridos?

Ismena.- Ninguna noticia, Antígona, ha llegado hasta mí, ni agradable ni dolorosa, desde que las dos nos vimos privadas de nuestros hermanos, que en un solo día sucumbieron el uno a manos del otro. El ejército de los argivos desapareció durante la noche que ha terminado, desde entonces no sé absolutamente nada que me haga más feliz ni más desgraciada.

Antígona.- Estaba segura de ello, y por eso te he hecho salir del palacio para que puedas oírme a solas.

Ismena.- ¿Qué hay? Parece que tienes entre manos algún proyecto.

Antígona.- Creonte ha acordado otorgar los honores de la sepultura a uno de nuestros hermanos y, en cambio, se la rehúsa al otro. A Etéocles, según parece, lo ha mandado enterrar de modo que sea honrado entre los muertos bajo tierra; pero en lo tocante al cuerpo del infortunado Polinices, también se dice que ha hecho pública una orden para todos los tebanos en la que prohíbe darle sepultura y que se lo llore: hay que dejarlo sin lá-

1 Plaza pública en las ciudades grandes donde se realizaban las asambleas.
2 Natural de Argos o Argólida. Por extensión, habitante de la Grecia antigua.

grimas e insepulto para que sea fácil presa de las aves, siempre en busca de alimento. He aquí lo que el excelente Creonte[3] ha mandado pregonar por ti y por mí; y que va a venir aquí para anunciarlo claramente a quien lo ignore; y que no considerará la cosa como baladí; pues cualquiera que infrinja su orden morirá lapidado[4] por el pueblo. Esto es lo que yo tenía que comunicarte. Pronto vas a tener que demostrar si has nacido de sangre generosa o si no eres más que una cobarde que desmiente la nobleza de. tus padres.

Ismena.- Pero infortunada, si las cosas están dispuestas así, ¿qué ganaría yo desobedeciendo o acatando esas órdenes?

Antígona.- ¿Me ayudarás? De ser así, procederás de acuerdo conmigo. Piénsalo.

Ismena.- ¿A qué riesgo vas a exponerte? ¿Qué es lo que piensas?

Antígona.- ¿Me ayudarás a levantar el cadáver?

Ismena.- ¿Pero, en verdad piensas darle sepultura, a pesar de que se haya prohibido a toda la ciudad?

Antígona.- Una cosa es cierta: es mi hermano y el tuyo, lo quieras o no. Nadie me acusará de traición por haberlo abandonado.

Ismena.- ¡Desgraciada! ¿A pesar de la prohibición de Creonte?

Antígona.- No tiene ningún derecho a privarme de los míos.

Ismena.- ¡Ah! Piensa, hermana, en nuestro padre, que pereció cargado del odio y del oprobio, después que por los pecados que en sí mismo descubrió, se reventó los ojos con sus propias manos; piensa también que su madre y su mujer, pues fue las dos cosas a la vez, puso ella misma fin a su vida con un cordón trenzado[5], y mira, como tercera desgracia, cómo nuestros hermanos, en un solo día, se han dado muerte uno a otro, hiriéndo-

---

[3] Obsérvese la ironía en "el excelente Creonte", figura retórica que consiste en enunciar algo distinto de lo que se piensa y, sin embargo, dar a entender esto último.
[4] Apedreado.
[5] La historia a la que alude Ismena en este pasaje se puede leer en *Edipo Rey.*

se mutuamente con sus propias manos[6]. ¡Ahora que nos hemos quedado solas tú y yo, piensa en la muerte aún más desgraciada que nos espera, si a pesar de la ley, si con desprecio de ésta, desafiamos el poder y el edicto del tirano! Piensa, además, ante todo, que somos mujeres y que, como tales, no podemos luchar contra los hombres; y luego, que estamos sometidas a gentes más poderosas que nosotras y por tanto nos es forzoso obedecer sus órdenes aunque fuesen aun más rigurosas. En cuanto a mí se refiere, rogando a nuestros muertos que están bajo tierra que me perdonen porque cedo contra mi voluntad a la violencia, obedeceré a los que están en el poder, pues querer emprender lo que sobrepasa nuestras fuerzas no tiene ningún sentido.

Antígona.- No insistiré; pero, aunque luego quisieras ayudarme, no me será ya grata tu ayuda. Haz lo que te parezca. Yo, por mi parte, enterraré a Polinices. Será hermoso para mí morir cumpliendo ese deber. Así reposaré junto a él, amante hermana con el amado hermano; rebelde y santa por cumplir con todos mis deberes piadosos; que más cuenta me tiene dar gusto a los que están abajo que a los que están aquí arriba, pues para siempre tengo que descansar bajo tierra. Tú, si te parece, desprecia lo que para los dioses es lo más sagrado.

Ismena.- No desprecio nada; pero no dispongo de recursos para actuar en contra de las leyes de la ciudad.

Antígona.- Puedes alegar ese pretexto. Yo, por mi parte, iré a levantar el túmulo de mi muy querido hermano.

Ismena.- ¡Ay, desgraciada!, ¡qué miedo siento por ti!

Antígona.- No tengas miedo por mí; preocúpate por tu propia vida.

Ismena.- Pero por lo menos no se lo digas a nadie. Manténlo secreto; yo haré lo mismo.

Antígona. -Yo no. Dilo en todas partes. Me serías más odiosa callando la decisión que he tomado, que divulgándola.

Ismena.- Tienes un corazón de fuego para lo que hiela de

[6] La historia a la cual se refiere Ismena se puede leer en *Los siete contra Tebas*, de Esquilo.

espanto.

Antígona.- Pero sé que soy grata a aquellos a quienes sobre todo me importa agradar.

Ismena.- Si al menos pudieras tener éxito; pero sé que te apasionas por un imposible.

Antígona.- Pues bien, ¡cuando mis fuerzas desmayen lo dejaré!

Ismena.- Pero no hay que perseguir lo imposible.

Antígona.- Si continúas hablando así serás el blanco de mi odio y te harás odiosa al muerto a cuyo lado dormirás un día. Déjame, pues, con mi temeridad afrontar este peligro, ya que nada me sería más intolerable que no morir con gloria.

Ismena.- Pues si estás tan decidida, sigue. Sin embargo, ten presente una cosa: te embarcas en una aventura insensata; aunque obras como verdadera amiga de los que te son queridos.

(Antígona e Ismena se retiran. Antígona se aleja, Ismena entra en el palacio. EL Coro, compuesto de ancianos de Tebas, entra y saluda al sol naciente)

PÁRODOS

ESTROFA 1

Coro. - ¡Rayos del Sol naciente! ¡Oh, tú, la más bella de las luces que jamás ha brillado sobre Tebas la de las siete puertas! Por fin amaneciste, ojo del dorado día, habiendo pasado por las fuentes dirceas[7]. Obligaste a emprender precipitada fuga, en su veloz corcel, a toda brida, al guerrero de blanco escudo que de Argos vino armado con todas sus armas.

---

[7] De Dirce, río que corre por el lado occidental de Tebas. Por el lado oriental corre el Ismeno, que es el que en realidad debería haber sido mencionado aquí. No obstante la imprecisión geográfica, se prefiere aludir a la corriente del Dirce porque es el río representativo de Tebas.

Corifeo.- Este ejército que, en contra de nosotros, sobre nuestra tierra, había levantado Polinices, excitado por equívocas discordias, y que, cual águila[8] que lanza estridentes gritos, se abatió sobre nuestro país, protegido con sus blancos escudos y cubierto con cascos empenachados con crines de caballos.

ANTÍSTROFA 1

Coro.- Poniendo en movimiento innumerables armas, planeando sobre nuestros hogares, abiertas sus garras, cercaba con sus mortíferas lanzas las siete puertas de nuestra ciudad. Pero hubo de marcharse sin poder saciar su voracidad en nuestra sangre y antes de que Hefesto[9] y sus teas resinosas prendiesen sus llamas en las torres que coronan la ciudad; tan estruendoso ha sido el estrépito de Ares[10], que resonó a espaldas de los argivos, y que ha hecho invencible al Dragón[11] competidor.

Corifeo.- Zeus, en efecto, aborrece las amenazas de una lengua orgullosa; y cuando vio a los argivos avanzar como impetuosa

[8] El águila es la imagen simbólica de los argivos, mientras la serpiente o el dragón, como se verá más adelante, alude a los tebanos (cf. nota 10).
[9] Hijo de Zeus y Hera, también llamado Vulcano. Considerado el dios del fuego, se alojaba en un palacio maravilloso en el que tenía su fragua con veinte hornos para forjar metales. Él fue quien forjó el trono de oro de Zeus –dios máximo del panteón griego–, y quien le fabricaba los rayos.
[10] Hijo de Zeus y Hera. Considerado el dios de la guerra. Llevaba una enorme lanza en su mano derecha y avanzaba sobre su carro, en el que Dimos y Fobos (Terror y Espanto), sus dos hijos y compañeros, guiaban los caballos. A su lado iba Erie (La Discordia), su compañera y hermana, y lo acompañaban también los Keres, divinidades sombrías, ávidas de la sangre que se vertía en las batallas.
[11] La historia cuenta que los habitantes de Tebas habían nacido de los dientes del dragón sembrados por Cadmo. Cadmo había partido en busca de su hermana Europa, quien había sido raptada por Zeus. El oráculo de Delfos le aconsejó que dejara de buscarla y que si encontraba una vaca en su camino, se dejara guiar por ella. En efecto, la encontró llegando a Tócida y la siguó hasta Beocia. En el lugar en que la vaca se detuvo fundó Tebas. Decidió inmolar la vaca a la diosa Palas Atenea. Para ello envió a sus servidores a la fuente de Ares. Estos hallaron un dragón que los devoró. Al enterarse Cadmo, combatió con el monstruo y lo mató. Palas Atenea le aconsejó que le arrancara los dientes y los sembrara. Así nacieron hombres armados que se mataron unos a otros, excepto cinco, que ayudaron a Cadmo a construir la ciudad tebana.

riada[12], arrogantes, con el estruendo de sus áureas armas, blandiendo el rayo de su llama abatió al hombre que, en lo alto de las almenas, se aprestaba ya a entonar himnos de victoria.

ESTROFA 2

Coro.- Sobre el suelo que retumbó al chocar con él, cayó fulminado el portado[...] momento en que, llevado por el empuje de un [...]spiraba contra nosotros el soplo de los vientos [...]. En cuanto a los demás, el gran Ares, nuestro [...] les infligió, persiguiéndolos con otros reveses [...]uerte.

Corifeo.- Los siete [...]s ante las siete puertas, enfrentándose con lo[...]ron como ofrenda a Zeus, victorioso, el tributo [...] bronce. Todos huyeron, salvo los dos desgra[...]los de un mismo padre y de una misma madre, enfrentando una contra otra sus lanzas soberanas, alcanzaron los dos la misma suerte en un común perecer.

ANTÍSTROFA 2

Coro.- Pero Niké[13] , la gloriosa, ha regresado. Sonriente llega a Tebas, la ciudad de los numerosos carros, haciendo que pase del dolor a la alegría. La guerra ha terminado. Olvidémosla. Vayamos con nocturnos coros, que se prolongan en la noche, a todos los templos de los dioses, y que Baco[14], el dios que con sus pasos hace vibrar nuestra tierra, sea nuestro guía.

Corifeo.- Pero he aquí que llega Creonte, hijo de Meneceo, nuevo rey del país en virtud de los acontecimientos que los dio-

---

12 Avenida, inundación, crecida de un río.
13 Personificación de la victoria entre los griegos. Epíteto también de la diosa Atenea, a quien se representaba alada, con una corona de laurel en una mano y, en la otra, una palma, y volando con gran rapidez.
14 Otro de los nombres con los que se conoce a Dionisio, dios sobre el que se da la noticia en PUERTAS DE ACCESO.

ses acaban de promover. ¿Qué proyecto se agita en su espíritu para que haya convocado, por heraldo público, esta asamblea de ancianos aquí congregados?

PRIMER EPISODIO

(Entra Creonte con numeroso séquito)

Creonte.- Ancianos, los dioses, después de haber agitado rudamente con la tempestad la ciudad, le han devuelto al fin la calma. A vosotros solos de entre todos los ciudadanos, os han convocado aquí mis mensajeros porque me es conocida vuestra constante y respetuosa sumisión al trono de Layo, y vuestra devoción a Edipo mientras rigió la ciudad, así como cuando, ya muerto, os conservasteis fieles con constancia a sus hijos. Ahora, cuando éstos, por doble fatalidad, han muerto el mismo día, al herir y ser heridos con sus propias fratricidas manos, quedo yo, de ahora en adelante, por ser el pariente más cercano de los muertos, dueño del poder y del trono de Tebas. Ahora bien, imposible conocer el alma, los sentimientos y el pensamiento de ningún hombre hasta que no se le haya visto en la aplicación de las leyes y en el ejercicio del poder. Por mi parte considero, hoy como ayer, un mal gobernante al que en el gobierno de una ciudad no sabe adoptar las decisiones más cuerdas y deja que el miedo, por los motivos que sean, le encadene la lengua; y al que estime más a un amigo que a su propia patria, a ése lo tengo como un ser despreciable. ¡Sépalo Zeus[15], escrutador de todas las cosas! Jamás pasaré en silencio el daño que amenaza a mis ciudadanos, y nunca tendré por amigo a un enemigo del país. Creo, en efecto, que la salvación de la Patria es nuestra salvación y que nunca nos faltarán ami-

[15] Fórmula ritual de juramentos en que se pone al dios como testigo de los términos del juramento y queda así erigido como juez en caso de perjurio.

gos mientras nuestra nave camine gobernada con recto timón. Apoyándome en tales principios, pienso poder lograr que esta ciudad sea floreciente, y guiado por ellos, acabo hoy de hacer proclamar por toda la ciudad un edicto referente a los hijos de Edipo. A Etéocles, que halló la muerte combatiendo por la ciudad con un valor que nadie igualó, ordeno que se le entierre en un sepulcro y se le hagan y ofrezcan todos los sacrificios expiatorios que acompañan a quienes mueren de una manera gloriosa. Por el contrario, a su hermano, me refiero a Polinices, el desterrado que volvió del exilio con ánimo de trastornar de arriba abajo el país paternal y los dioses familiares, y con la voluntad de saciarse con vuestra sangre y reduciros a la condición de esclavos, queda públicamente prohibido a toda la ciudad honrarlo con una tumba y llorarlo. ¡Que se le deje insepulto, y que su cuerpo quede expuesto ignominiosamente para que sirva de pasto a la voracidad de las aves y de los perros! Tal es mi decisión; pues nunca los malvados obtendrán de mí estimación mayor que los hombres de bien. En cambio, quienquiera que se muestre celoso del bien de la ciudad, ése hallará en mí, durante su vida como después de su muerte, todos los honores que se deben a los hombres de bien.

Corifeo.- Tales son las disposiciones, Creonte, hijo de Meneceo, que te place tomar tanto respecto del amigo como del enemigo del país. Eres dueño de hacer prevalecer tu voluntad, tanto sobre los que han muerto como sobre los que vivimos.

Creonte.- Velad, pues, para que mis órdenes se cumplan.

Corifeo.- Encarga de esta comisión a otros más jóvenes que nosotros.

Creonte.- Guardias hay ya colocados cerca del cadáver.

Corifeo.- ¿Qué otra cosa tienes aún que recomendarnos?

Creonte.- Que seáis inflexibles con los que infrinjan mis órdenes.

Corifeo.- Nadie será lo bastante loco como para desear la muerte.

Creonte.- Y tal sería su recompensa. Pero, por las esperanzas que despierta el lucro se pierden a menudo los hombres.

(Llega un guardián, uno de los que han sido colocados cerca del cadáver de Polinices. Después de muchas vacilaciones, se decide a hablar.)

Guardián.- Rey, no diré que llego así, sin aliento, por haber venido de prisa y con pies ligeros, porque varias veces me he detenido a pensar y, al volver a andar, me volví a parar y a desandar camino. Mi alma conversaba conmigo, y a menudo me decía: "¡Desgraciado!, ¿por qué vas a donde serás castigado no bien llegues? ¡Infortunado! ¿Vas todavía a retrasarte de nuevo? ¿Y si Creonte se entera por otro de lo que vas a decirle, cómo podrías escapar al castigo?". Rumiando tales pensamientos avanzaba lentamente y alargaba el tiempo. De este modo, un camino corto se convierte en un trayecto largo. Al fin, sin embargo, me decidí a venir aquí y comparecer ante ti. Y aunque no pueda explicar nada, hablaré a pesar de ello, pues vengo movido por la esperanza de sufrir tan sólo lo que el destino haya decretado.

Creonte.- ¿Qué hay? ¿Qué es lo que te tiene tan perplejo?

Guardián.- Quiero primero informarte de lo que me concierne. La cosa no he sido yo quien la ha hecho, ni he visto al autor; no sería, pues, justo que yo sufriese castigo por ello.

Creonte.- ¡Cuánta prudencia y cuántas precauciones tomas! Voy creyendo que tienes que darme cuenta de algunas novedades.

Guardián.- Cuesta mucho trabajo decir las cosas desagradables.

Creonte.- ¿Hablarás al fin y dirás tu mensaje para descargarte de él?

Guardián.- Voy, pues, a hablarte. Un desconocido, después de haber sepultado al muerto y esparcido sobre su cuerpo un seco polvo y cumplido los ritos necesarios, ha huido.

Creonte.- ¿Qué es lo que dices? ¿Qué hombre ha tenido tal audacia?

Guardián.- Yo no sé. Allí no hay señales de golpes de azada, ni el suelo está removido con la azada; la tierra está dura, intacta, y ningún carro la ha surcado. El culpable no ha dejado ningún indicio. Cuando el primer centinela de la mañana dio la noticia, el hecho nos produjo triste sorpresa; el cadáver no se veía; no estaba enterrado; aparecía solamente cubierto con un polvo fino, como si se lo hubieran echado para evitar una profanación. Ni rastro de fiera ni de perros que lo hubieran arrastrado para destrozarlo. Una lluvia de insultos descargamos unos contra otros. Cada centinela echaba la culpa al otro, y hubiéramos llegado a las manos sin que hubiera nadie para impedirlo. Cada cual sospechaba del otro, pero nadie quedaba convicto; todos negaban y todos decían que no sabían nada. Estábamos ya dispuestos a la prueba de levantar el hierro candente en las manos, a pasar por el fuego y jurar por los dioses que éramos inocentes y que desconocíamos tanto al autor del proyecto como a su ejecutor, cuando, al fin, como nuestras pesquisas no conducían a nada, uno de nosotros habló de modo que nos obligó a inclinar medrosamente la cabeza, pues no podíamos contradecirlo ni proponer una solución mejor. Su opinión fue que había que comunicarte lo que pasaba y no ocultártelo. Esta idea prevaleció y fui yo, ¡desgraciado de mí!, a quien la suerte designó para esta buena comisión[16]. Heme aquí, pues, contra mi voluntad y contra la tuya también, demasiado lo sé, ya que nadie desea un mensajero con malas noticias.

Corifeo.- Rey, desde hace tiempo mi alma se pregunta si este acontecimiento no habrá sido dispuesto por los dioses.

Creonte.- Cállate, antes de que tus palabras me llenen de cólera, si no quieres pasar a mis ojos por viejo y necio a la vez. Dices cosas intolerables, suponiendo que los dioses puedan preocuparse por ese cadáver. ¿Es que podrían ellos, al darle tierra, premiar como a su bienhechor al que vino a incendiar sus templos con sus columnatas, y a quemar las ofrendas que se les hacen y a trastornar el país y sus leyes? ¿Cuándo has visto tú que los dioses honren a los malvados? No, ciertamente. Pero, desde

---

[16] Obsérvese la ironía (cf. nota 3).

hace tiempo, algunos ciudadanos se someten con dificultad a mis órdenes y murmuran en contra de mí moviendo la cabeza, pues no quieren someter su cuello a mi yugo, como conviene, para acatar de corazón mis mandatos. Son estas gentes, lo sé, las que habrán sobornado a los centinelas y los habrán inducido a hacer lo que han hecho. De todas las instituciones humanas, ninguna como la del dinero trajo a los hombres consecuencias más funestas. Es el dinero el que devasta las ciudades, el que echa a los hombres de los hogares, el que seduce las almas virtuosas y las incita a acciones vergonzosas; es el dinero el que, en todas las épocas, ha hecho a los hombres cometer todas las perfidias y el que les enseñó la práctica de todas las impiedades. Pero los que, dejándose corromper, han cometido esta mala acción tendrán en plazo más o menos largo su castigo. Porque tan cierto como que Zeus sigue siendo el objeto de mi veneración, tenlo entendido y te lo digo bajo juramento, que si no encontráis, y traéis aquí, ante mis ojos, a aquel cuyas manos hicieron esos funerales, la muerte sola no os bastará, pues seréis colgados vivos hasta que descubráis al culpable y conozcáis así de dónde hay que esperar sacar provecho y aprendáis que no se debe querer sacar ganancia de todo, y veréis entonces que los beneficios ilícitos han perdido a más gente que la que han salvado.

Guardián.- ¿Me permitirás decir una palabra o tendré que retirarme sin decir nada?

Creonte.- ¿No sabes ya cuán insoportables me resultan tus palabras?

Guardián.- ¿Es que ellas muerden tus oídos o tu corazón?

Creonte.- ¿Por qué quieres precisar el lugar de mi dolor?

Guardián.- El culpable aflige tu alma; yo no hago más que ofender tus oídos.

Creonte.- ¡Ah! ¡Qué insigne charlatán eres desde tu nacimiento!

Guardián.- Por lo menos no he sido yo quien ha cometido ese crimen.

Creonte.- Pero, ya que por dinero has vendido tu alma...

Guardián.- ¡Ay! ¡Gran desgracia es juzgar por sospechas, y que

Antígona

las sospechas sean falsas!

Creonte.- ¡Vamos! ¡Ahora te vas a andar con sutilezas sobre la opinión! Si no me traéis a los autores del delito, tendréis que reconocer, a no tardar, que las ganancias que envilecen causan graves perjuicios.

(Creonte entra en palacio.)

Guardián.- Sí, que se descubra al culpable ante todo! Pero que se lo prenda, o que no, pues es el destino quien lo decidirá, no hay peligro de que tú me veas jamás por aquí, y ahora que, contra toda esperanza y contra todos mis temores, logro escapar, debo a los dioses una gratitud infinita.

(El guardián se retira.)

ESTÁSIMOS

ESTROFA 1

Coro.- Numerosas son las maravillas del mundo; pero, de todas, la más sorprendente es el hombre. Él es quien cruza los mares espumosos agitados por el impetuoso noto[17], desafiando las alborotadas olas que en torno de sí se encrespan y braman. La más poderosa de todas las diosas, la imperecedera, la inagotable Tierra, él la labra año tras año, con su arado, en interminable afán, y la fatiga con el trabajo de los caballos.

---

[17] Movimiento del mar en que sus aguas se mueven del austro hacia el septentrión o al contrario.

ANTÍSTROFA 1

El hombre industrioso envuelve en las mallas de sus tendidas redes, y captura, a la alígera especie de las aves, así como a la raza temible de las fieras y a los seres que habitan el océano. Él, con sus artes, se adueña de los animales salvajes y montaraces; y al caballo de espesas crines lo domina con el freno, y somete bajo el yugo al indómito toro bravío.

ESTROFA 2

Y él se adiestró en el arte de la palabra y en el pensamiento, sutil como el viento, que dio vida a las costumbres urbanas que rigen las ciudades, y aprendió a resguardarse de la intemperie, de las penosas heladas y de las torrenciales lluvias. Y porque es fecundo en recursos, no le faltan éstos, en cualquier instante, para evitar que en el porvenir lo sorprenda el azar; sólo del Hades[18] no ha encontrado medio de huir, a pesar de haber acertado a luchar contra las más rebeldes enfermedades, cuya curación ha encontrado.

ANTÍSTROFA 2

Y dotado de la industriosa habilidad del arte, más allá de lo que podía esperarse, se labra un camino, unas veces hacia el mal y otras hacia el bien, confundiendo las leyes del mundo y la justicia que prometió a los dioses observar.

Es indigno de vivir en una ciudad el que, estando al frente de la comunidad, por osadía se habitúa al mal. Que el hombre que así obra no sea nunca ni mi huésped en el hogar ni menos amigo mío.

---

[18] Hijo de Cronos y Rea; Zeus le encargó el gobierno de los mundos inferiores (también llamados "el Hades"), por eso es conocido como el dios de los muertos.

SEGUNDO EPISODIO

*(Llega de nuevo el Guardián-Mensajero,
quien trae detenida a Antígona)*

Corifeo.- ¡Qué increíble y sorprendente prodigio! ¿Cómo dudar, pues la reconozco, que es la joven Antígona? ¡Oh! ¡Desdichada hija del desgraciado Edipo! ¿Qué pasa? ¿Te traen porque has infringido los reales edictos y te han sorprendido cometiendo un acto de tal imprudencia?

Guardián.- ¡He aquí la que lo ha hecho! La hemos prendido en trance de dar sepultura al cadáver. Pero, ¿dónde está Creonte?

Corifeo.- Sale del palacio y llega oportunamente.

(Creonte sale del palacio)

Creonte.- ¿Qué hay? ¿Para qué es oportuna mi llegada?

Guardián.- Rey, los mortales no deben jurar nada, pues una segunda decisión desmiente a menudo un primer propósito. No hace mucho, en efecto, amedrentado por tus amenazas, me había yo prometido no volver a poner los pies aquí. Pero una alegría que llega cuando menos se la espera no tiene comparación con ningún otro placer. Vuelvo, pues, a despecho de mis juramentos, y te traigo a esta joven que ha sido sorprendida en el momento en que cumplía los ritos funerarios. La suerte, esta vez, no ha sido consultada y este feliz hallazgo ha sido descubierto por mí solo, y no por otro. Y ahora que está ya en tus manos, Rey, interrógala y hazle confesar su falta. En cuanto a mí, merezco quedar suelto y para siempre libre, a fin de escapar de los males con que estaba amenazado.

Creonte.- ¿En qué lugar y cómo has prendido a la que me traes?

Guardián.- Ella misma estaba enterrando el cadáver; ya lo sabes todo. ¿Hablo con claridad?

Creonte.- ¿Cómo la has visto y cómo la has sorprendido en el hecho?

33

Guardián. - Pues bien, la cosa ha ocurrido así: cuando yo llegué, aterrado por las terribles amenazas que tú habías pronunciado, barrimos todo el polvo que cubría al muerto y dejamos bien al descubierto el cadáver, que se iba descomponiendo. Después, para evitar que las fétidas emanaciones llegasen hasta nosotros, nos sentamos de espaldas al viento, en lo alto de la colina. Allí, cada uno de nosotros excitaba al otro con rudas palabras a la más escrupulosa vigilancia, para que nadie anduviera remiso en el cumplimiento de la empresa. Permanecimos así hasta que el orbe resplandeciente del Sol se paró en el centro del éter y el calor ardiente abrasaba. En este momento, una tromba de viento, trastorno prodigioso, levantó del suelo un torbellino de polvo; llenó la llanura, devastó todo el follaje del bosque y oscureció el vasto éter. Aguantamos con los ojos cerrados aquel azote enviado por los dioses. Pero cuando la calma volvió, mucho después, vimos a esta joven que se lamentaba con una voz tan aguda como la del ave desolada que encuentra su nido vacío, despojado de sus polluelos. Del mismo modo, a la vista del cadáver desnudo, estalló en gemidos; exhaló sollozos y comenzó a proferir imprecaciones contra los autores de esa iniquidad. Con sus manos recogió en seguida polvo seco, y luego, con una jarra de bronce bien cincelado, fue derramando sobre el difunto tres libaciones[19]. Al ver esto, nosotros nos lanzamos sobre ella en seguida; todos juntos la hemos prendido, sin que diese muestras del menor miedo. Interrogada sobre lo que había ya hecho y lo que acababa de realizar, no negó nada. Esta confesión fue para mí, por lo menos, agradable y penosa a la vez. Porque el quedar uno libre del castigo es muy dulce, en efecto; pero es doloroso arrastrar a él a sus amigos. Pero, en fin, estos sentimientos cuentan para mí menos que la propia salvación.

(Una pausa)

---

[19] Ofrenda en sacrificio. De estas tres libaciones, la primera era de miel mezclada con leche, la segunda era de vino, y la tercera era de agua.

PRIMER AGÓN

Creonte (dirigiéndose a Antígona).- ¡Oh! Tú, tú que bajas la frente hacia la tierra, ¿confirmas o niegas haber hecho lo que éste dice?

Antígona.- Lo confirmo y no niego absolutamente nada.

Creonte (al guardián). -Libre de la grave acusación que pesaba sobre tu cabeza, puedes ir desde ahora a donde quieras.

(El guardián se va)

Creonte (dirigiéndose a Antígona).-¿Conocías la prohibición que yo había promulgado? Contesta claramente.

Antígona (levanta la cabeza y mira a Creonte).- La conocía. ¿Podía ignorarla? Fue públicamente proclamada.

Creonte.- ¿Y has osado, a pesar de ello, desobedecer mis órdenes?

Antígona.- Sí, porque no es Zeus quien ha promulgado para mí esta prohibición, ni tampoco Diké[20], compañera de los dioses subterráneos, la que ha promulgado semejantes leyes a los hombres; y no he creído que tus decretos, como mortal que eres, puedan tener primacía sobre las leyes no escritas, inmutables de los dioses. No son de hoy ni de ayer esas leyes; existen desde siempre y nadie sabe a qué tiempos se remontan. No tenía, pues, por qué yo, que no temo la voluntad de ningún hombre, temer que los dioses me castigasen por haber infringido tus órdenes. Sabía muy bien, aun antes de tu decreto, que tenía que morir. ¿Cómo ignorarlo? Pero si debo morir antes de tiempo, declaro que a mis ojos esto tiene una ventaja. ¿Quién es el que, teniendo que vivir como yo en medio de innumerables angustias, no considera más ventajoso morir? Por tanto, la suerte que me espera y tú me reservas no me causa ninguna pena. En cambio, hubiera sido inmenso mi pesar si hubiese tolerado que el cuerpo del hijo de mi madre, después de su muerte, quedase sin sepultura. Lo demás me es indiferente. Si, a pesar de todo, te parece que he obrado como una insensata, bueno será que sepas que es quizá un loco quien me trata de loca.

Corifeo.- En esta naturaleza inflexible se reconoce a la hija del indomable Edipo: no ha aprendido a ceder ante la desgracia.

Creonte (dirigiéndose al Coro.).- Pero has de saber que esos espíritus demasiado inflexibles son entre todos los más fáciles de abatir y que el hierro, que es tan duro, cuando la llama ha aumentado su dureza, es el metal que con más facilidad se puede quebrar y hacerse pedazos. He visto fogosos caballos a los que un sencillo bocado enfrena y domina. El orgullo sienta mal a quien no es su propio dueño. Ésta ha sabido ser temeraria infringiendo la ley que he promulgado y añade una nueva ofensa a la primera, gloriándose de su desobediencia y exaltando su acto. En verdad, dejaría yo de ser hombre y ella me reemplazaría, si semejante audacia quedase impune. Pero que sea hija o no de mi hermana, y sea mi más cercana pariente, entre todos los que adoran a Zeus en mi hogar, ella y su hermana no escaparán de la suerte más funesta, pues yo acuso igualmente a su hermana de haber premeditado y hecho estos funerales. Llamadla. Hace un rato la he visto alocada y fuera de sí. Frecuentemente las almas que en las sombras maquinan un acto reprobable suelen, por lo general, traicionarse antes de la ejecución de sus actos. Pero aborrezco igualmente al que, sorprendido en el acto de cometer su falta, intenta dar a su delito nombres gloriosos.

Antígona.- Ya me has prendido. ¿Quieres algo más que matarme?

Creonte.- Nada más; teniendo tu vida, tengo todo lo que quiero.

Antígona.- Pues, entonces, ¿qué aguardas? Tus palabras me disgustan y ojalá me disgusten siempre, ya que a ti mis actos te son odiosos. ¿Qué hazaña hubiera podido realizar yo más gloriosa que la de dar sepultura a mi hermano? *(Con un gesto designando al Coro.)* Todos los que me están escuchando me colmarían de elogios si el miedo no encadenase sus lenguas.

Pero los tiranos cuentan entre sus ventajas la de poder hacer y decir lo que quieren.

Creonte.- Tú eres la única entre los cadmeos[21] que ve las cosas así.

Antígona.- Ellos las ven como yo, pero, ante ti, sellan sus labios.

Creonte.- Y tú, ¿cómo no enrojeces de vergüenza de disentir de ellos?

Antígona.- No hay motivo para enrojecer por honrar a los que salieron del mismo seno.

Creonte.- ¿No era también hermano tuyo el que murió combatiendo contra el otro?

Antígona.- Era mi hermano de padre y de madre.

Creonte.- Entonces, ¿por qué hacer honores al uno que resultan impíos para con el otro?

Antígona.- No atestiguará eso el cadáver[22].

Creonte.- Sí, desde el momento en que tú rindes a este muerto más honores que al otro.

Antígona.- No murió como su esclavo, sino como su hermano.

Creonte.- Sin embargo, el uno asolaba esta tierra y el otro luchaba por defenderla.

Antígona.- El Hades, sin embargo, quiere igualdad de leyes para todos.

Creonte.- Pero al hombre virtuoso no se le debe dar igual trato que al malvado.

Antígona.- ¿Quién sabe si esas máximas son santas allá abajo?

Creonte.- No. Nunca un enemigo mío será mi amigo después de muerto.

Antígona.- No he nacido para compartir el odio sino el amor.

Creonte.- Ya que tienes que amar, baja, pues, bajo tierra a amar a los que ya están allí. En cuanto a mí, mientras viva, jamás una mujer me mandará.

[21] Véase nota 11.
[22] Era creencia común que los muertos podían dar testimonio, a pesar de estar muertos, y para ello se servían de los sueños de los aún vivos.

(Se ve llegar a Ismena entre dos esclavos)

Corifeo.- Pero he aquí que en el umbral del palacio está Ismena, dejando correr lágrimas de amor por su hermana. Una nube de dolor que pesa sobre sus ojos ensombrece su rostro enrojecido, y baña en llanto sus lindas mejillas.

(Entra Ismena)

Creonte.- ¡Oh tú, que, como una víbora, arrastrándose cautelosamente en mi hogar, bebías, sin yo saberlo, mi sangre en la sombra! ¡No sabía yo que criaba dos criminales dispuestas a derribar mi trono! Vamos, habla, ¿vas a confesar tú también haber participado en los funerales, o vas a jurar que no sabías nada?

Ismena.- Sí, soy culpable, si mi hermana me lo permite; cómplice soy suya y comparto también su pena.

Antígona (vivamente).- Pero la justicia no lo permitirá, puesto que has rehusado seguirme y yo no te he asociado a mis actos.

Ismena.- Pero en la desgracia en que te hallas no me avergüenza asociarme al peligro que corres.

Antígona.- El Hades y los dioses infernales saben quiénes son los responsables. Quien me ama sólo de palabra, no es amiga mía.

Ismena.- Hermana mía, no me juzgues indigna de morir contigo y de haber honrado al difunto.

Antígona. - Guárdate de unirte a mi muerte y de atribuirte lo que no has hecho. Bastará que muera yo.

Ismena.- ¿Y qué vida, abandonada de ti, puede serme aún grata?

Antígona.- Pregúntaselo a Creonte, que tanta solicitud te inspira.

Ismena.- ¿Por qué quieres afligirme así, sin provecho alguno para ti?

Antígona.- Si te mortifico, ciertamente, no es sin dolor.

Ismena.- ¿No puedo al menos ahora pedirte un favor?

Antígona.- Salva tu vida; no te envidio al conservarla.

Ismena. -¡Ay de mí, desdichada...! ¿No podría yo compartir tu muerte?

Antígona.- Tú has preferido vivir; yo, en cambio, he escogido morir.

Ismena.- Pero al menos te he dicho lo que tenía que decirte.

Antígona.- Sí, a algunos les parecerán sensatas tus palabras; a otros, las mías.

Ismena.- Sin embargo, la falta es común a ambas.

Antígona.- Tranquilízate. Tú vives; pero mi alma está muerta desde hace tiempo y ya no es capaz de ser útil más que a los muertos.

Creonte.- Estas dos muchachas, lo aseguro, están locas. Una acaba de perder la razón; la otra la había perdido desde el día en que nació.

Ismena.- Es que, ¡oh rey!, la razón con que la Naturaleza nos ha dotado no persiste en un momento de desgracia excesiva y, en ciertos casos, aun el más cuerdo acaba por perder el juicio.

Creonte.- El tuyo, seguramente, se perdió cuando quisiste ser cómplice de unos malvados.

Ismena.- Sola y sin ella, ¿qué será para mí la vida?

Creonte.- No hables más de ella, pues ya no existe.

Ismena.- ¿Y vas a matar a la prometida de tu hijo?

Creonte.- Hay otros surcos donde poder labrar.

Ismena.- No era eso lo que entre ellos se había convenido.

Creonte.- No quiero para mis hijos mujeres malvadas.

Ismena.- ¡Oh Hemón bien amado! ¡Cuán gran desprecio siente por ti tu padre!

Creonte.- Me estáis resultando insoportables tú y esas bodas.

Corifeo.- ¿Verdaderamente privarás de ésta a tu propio hijo?

Creonte.- Es el Hades, no yo, quien ha de poner fin a esas nupcias.

Ismena.- ¿De modo que, según parece, su muerte está ya decidida?

Creonte.- Lo has dicho y lo he resuelto. Que no se retrase más.

Esclavos, llevadlas a palacio. Es preciso que queden bien sujetas, de modo que no tengan ninguna libertad. Que los valientes, cuando ven que Hades amenaza su vida, intentan la huida.

(Unos esclavos se llevan a Antígona e Ismena. Creonte se queda.)

Antígona

ESTÁSIMOS

ESTROFA 1

Coro.- Dichosos aquellos cuya vida se ha deslizado sin haber probado los frutos de la desgracia. Porque cuando un hogar sufre los embates de los dioses, el infortunio se ceba en él sin tregua sobre toda su descendencia. Del mismo modo como cuando los vientos impetuosos de Tracia azotan las aguas, remueven hasta el fondo los abismos submarinos y levantan las profundas arenas, que el viento dispersa, y las olas mugen y braman batiendo las costas.

ANTÍSTROFA 1

En la mansión de los Labdácidas[23], veo desde hace mucho tiempo cómo nuevas desgracias se van acumulando unas tras otras a las que padecieron los que ya no existen. Una generación no libera a la siguiente; un dios se encarniza con ella sin darle reposo. Hoy que la luz de una esperanza se divisaba para la casa de Edipo en sus últimos retoños, he aquí que un polvo sangriento otorgado a los dioses infernales, unas palabras poco

---

[23] Descendientes de Lábdaco. Lábdaco era nieto de Cadmo, padre de Layo, quien fue padre de Edipo. Por eso, a toda su descendencia, incluidos los cuatro hermanos, hijos de Edipo y Yocasta, se los llama Labdácidas.

40

sensatas, y el espíritu ciego y vengativo de un alma, han extinguido esa luz[24].

ESTROFA 2

¿Qué orgullo humano podría, ¡oh Zeus!, atajar tu poder, que jamás doma ni el sueño, que todo lo envejece, ni el transcurso divino de los meses infatigables? Exento de vejez, reinas como soberano en el resplandor reverberante del Olimpo. Para el hombre esta ley inmutable prevalecerá por toda la eternidad, y regirá, como en el pasado, en el presente y en el porvenir; en la vida de los mortales nada grande ocurre sin que la desgracia se mezcle en ello.

ANTÍSTROFA 2

La esperanza inconstante es un consuelo, en verdad, para muchos hombres, pero para otros muchos no es más que un engaño de sus crédulos anhelos. Se infiltra en ellos, sin que se den cuenta hasta el momento en que el fuego abrasa sus pies. Un sabio dijo un día estas memorables palabras: "El mal se reviste con el aspecto del bien para aquel a quien un dios empuja a la perdición; entonces sus días no están por mucho tiempo al abrigo de la desgracia".

---

[24] Hay comentadores que explican que la luz de la esperanza alude al matrimonio proyectado entre Antígona y Hemón; el polvo sangriento, el esparcido sobre el cadáver de Polinices, y las palabras apasionadas y poco sensatas y el espíritu cegado por la pasión se refieren al lenguaje atrevido de Antígona y al lenguaje autoritario de Creonte.

TERCER EPISODIO

SEGUNDO AGÓN

(Hemón entra por la puerta central.)

Corifeo.- Pero he aquí a Hemón, el menor de tus hijos. ¿Viene afligido por la suerte de su joven prometida, Antígona, con quien debía desposarse, y llora su boda frustrada?

Creonte (al Coro).- En seguida vamos a saberlo mucho mejor que los adivinos. *(A Hemón.)* Hijo mío, al saber la suerte irrevocable de tu futura esposa, ¿llegas ante tu padre transportado de furor, o bien, cualquiera que sea nuestra determinación, te soy igualmente querido?

Hemón.- Padre, te pertenezco. Tus sabios consejos me gobiernan, y estoy dispuesto a seguirlos. Para mí, padre, ningún himeneo[25] es preferible a tus justas decisiones.

Creonte.- Ésta es, efectivamente, hijo mío, la norma de conducta que ha de seguir tu corazón: todo debe pasar a segundo término ante las decisiones de un padre. Por esta razón los hombres desean tener y conservan en el seno de sus hogares, hijos dóciles: para que se venguen de los enemigos de sus padres y prosigan honrando a los amigos como lo hizo su padre. El que procrea hijos que no le reportan ningún provecho, ¿qué otra cosa ha hecho sino dar vida a gérmenes de sinsabores para él y motivos de burla para sus enemigos? No pierdas, pues, jamás, hijo mío, por atractivos del placer a causa de una mujer, los sentimientos que te animan, porque has de saber que es muy frío el abrazo que da en el lecho conyugal una mujer perversa. Pues, en efecto, ¿qué plaga puede resultar más funesta que una compañera perversa? Rechaza, entonces, a esa joven como si fuera un enemigo, y déjala que se busque un esposo en el Hades. Ya que la he sorprendido, única en esta ciudad, en flagrante delito

[25] Casamiento, boda.

de desobediencia, no he de ser inconsecuente con mis propias decisiones a los ojos del pueblo, y la mataré. Por tanto, que implore a Zeus, el protector de la familia, porque si he de tolerar la rebeldía de mis deudos, ¿qué podría esperar de quienes no lo son, de los extraños? Quienquiera que sepa gobernar bien a su familia, sabrá también regir con justicia un Estado. Por el contrario, no saldrá jamás de mis labios una palabra de elogio para quien quebrante las leyes o pretenda imponerse a quien gobierna. Pues se debe obediencia a aquel a quien la ciudad colocó en el trono, tanto en las cosas grandes como en las pequeñas, en las que son justas como en las que puedan no serlo a los ojos de los particulares. De un hombre así no puedo dudar que sabrá mandar tan bien como ejecutar las órdenes que reciba, y cuando tenga que afrontar el tumulto de la batalla, será un valeroso soldado que permanecerá firme en su puesto. No hay peste mayor que la desobediencia, ella devasta las ciudades, trastorna a las familias y empuja a la derrota las lanzas aliadas. En cambio, la obediencia es la salvación de los pueblos que se dejan guiar por ella. Es mejor, si es preciso, caer por la mano de un hombre que oírse decir que hemos sido vencidos por una mujer.

Corifeo.- En lo que nos concierne, si la edad no nos engaña, nos parece que has estado razonable en lo que acabas de decir.

Hemón.- Padre, los dioses, al dar la razón a los hombres, les dieron el bien más grande de todos los que existen. En cuanto a mí, no podría decir que tus palabras no sean razonables. Sin embargo, otros también pueden ser capaces de decir palabras sensatas. Yo, hombre de la calle, estoy en condiciones de poder observar mejor que tú todo lo que se dice, todo lo que se hace y todo lo que se murmura en contra de ti. El hombre del pueblo teme demasiado tu mirada para que se atreva a decirte lo que te sería desagradable oír. Pero a mí me es fácil escuchar, rescatado en la sombra, cómo la ciudad se compadece de esta joven. Ella, la que menos lo merece entre todas las mujeres, va a morir ignominiosamente por haber cumplido una de las acciones más nobles: la de no consentir que su hermano muerto en la pelea

43

quede allí tendido, privado de sepultura; ella no ha querido que fuera despedazado por los perros hambrientos o las aves de presa. ¿No es, pues, digna de una corona de oro? He aquí los rumores que circulan en silencio. Para mí, tu prosperidad, padre mío, es el bien más preciado. ¿Qué más bello ornato para los hijos que la gloria de su padre, y para un padre la de sus hijos? No te obstines, pues, en mantener como única opinión la tuya, creyéndola la única razonable. Todos los que creen que ellos solos poseen una inteligencia, una elocuencia o un genio superior a los de los demás, cuando se penetra dentro de ellos, muestran sólo la desnudez de su alma. Porque al hombre, por sabio que sea, no debe causarle ninguna vergüenza el aprender de otros siempre más y no aferrarse demasiado a sus juicios. Tú ves que, a lo largo de los torrentes engrosados por las lluvias invernales, los árboles que se doblegan conservan sus ramas, mientras que los que resisten son arrastrados con sus raíces. Lo mismo le ocurre, sea quien fuere, al dueño de una nave; si tensando firmemente la escota, no quiere aflojarla nunca, hace zozobrar su embarcación y navega con la quilla al aire. Cede, pues, en tu cólera y modifica tu decisión. Si, a pesar de mi juventud, soy capaz de darte un buen consejo, considero que el hombre que posee experiencia aventaja en mucho a los demás, pero como difícilmente se encuentra una persona dotada de esa experiencia, bueno es aprovecharse de los consejos prudentes que nos dan los demás.

Corifeo.- Rey, conviene, cuando se nos da un consejo oportuno, tenerlo en cuenta. Tú escucha también a tu padre. ¡Tanto el uno como el otro habéis hablado bien!

Creonte.- ¿Es que a nuestra edad tendremos que aprender prudencia de un hombre de sus años?

Hemón.- No en lo que no sea justo. Aunque sea joven, no es mi edad, son mis consejos los que hay que tener en cuenta.

Creonte.- ¿Y tu consejo es que honremos a los promotores de desórdenes?

Hemón.- Nunca te aconsejaré rendir homenaje a los que se conducen mal.

44

Creonte.- Pues esta mujer, ¿no ha sido sorprendida cometiendo una mala acción?

Hemón.- No; al menos así lo dice el pueblo de Tebas.

Creonte.- ¡Cómo! ¿Ha de ser la ciudad la que ha de dictarme lo que debo hacer?

Hemón.- ¿No te das cuenta de que acabas de hablar como un hombre demasiado joven?

Creonte.- ¿Es que incumbe a otro que a mí gobernar este país?

Hemón.- No hay ciudad que pertenezca a un solo hombre.

Creonte.- Pero ¿no se dice que una ciudad es legítimamente del que manda?

Hemón.- Únicamente en un desierto tendrías derecho a gobernar solo.

Creonte.- Está bien claro que te has convertido en el aliado de una mujer.

Hemón.- Sí, si tú eres una mujer; pues es por tu persona por quien me preocupo.

Creonte.- ¡Y lo haces, miserable, acusando a tu padre!

Hemón.- Porque te veo, en efecto, violar la Justicia.

Creonte.- ¿Es violarla hacer que se respete mi autoridad?

Hemón.- Empiezas por no respetarla tú mismo, despreciando los honores debidos a los dioses.

Creonte.- ¡Oh, ser impuro, esclavizado por una mujer!

Hemón.- Nunca me verás ceder a deseos vergonzosos.

Creonte.- En todo caso, no hablas más que en favor de ella.

Hemón.- Hablo por ti, por mí y por los dioses infernales.

Creonte.- Jamás te casarás con esa mujer en vida.

Hemón.- Ella morirá, pues; pero su muerte acarreará la de otro.

Creonte.- ¿Llega tu audacia hasta amenazarme?

Hemón.- ¿Es amenazarte refutar tus poco sensatas decisiones?

Creonte.- Insensato; vas a pagar con lágrimas estas, tus lecciones de cordura.

Hemón.- ¿Es que quieres hablar tú solo, sin escuchar nunca a nadie?

Creonte.- ¡Vil esclavo de una mujer, cesa ya de aturdirme con tu charla!

Hemón.- Si no fueras mi padre, diría que desvarías.

Creonte.- ¿De veras? Pues bien, por el Olimpo, no me injuriarás con reproches ultrajantes impunemente. *(A los guardias.)* ¡Que traigan aquí a esa mujer odiosa! ¡Que muera al instante, a la vista y en presencia de su prometido!

Hemón.- No; de ninguna manera en mi presencia morirá. Y en cuanto a ti, te digo que tampoco tendrás ya jamás mi cara ante tus ojos. Te dejo desahogar tu locura con aquellos amigos tuyos que a ello se presten.

(Hemón se va.)

Corifeo.- Rey, ese hombre se ha ido despechado y encolerizado. Para un corazón de esa edad, la desesperación es terrible.

Creonte.- Que se marche y que presuma de ser todo un hombre. Jamás arrancará a esas dos muchachas de la muerte.

Corifeo.- ¿Has decidido, pues, matarlas a las dos?

Creonte.- Perdonaré a la que no tocó al muerto; tienes razón.

Corifeo.- ¿Y de qué muerte quieres que perezca la otra?

Creonte.- La llevaré por un sendero estrecho y abandonado y la encerraré viva en la caverna de una roca, sin más alimento que el mínimo necesario, que evite el sacrilegio y preserve de esa mancha a la ciudad entera. Allí, implorando al Hades, el único dios al que ella adora, obtendrá quizá de él escapar de la muerte, o cuando menos, aprenderá que rendir culto a los muertos es una cosa superflua.

(Creonte entra en el palacio.)

ESTÁSIMOS

ESTROFA

Coro.- Eros[26], invencible Eros, tú que te abates sobre los seres de quien te apoderas y que durante la noche te posas sobre las tiernas mejillas de las doncellas; tú, que vagabundeas por la extensión de los mares y frecuentas los cubiles en que las fieras se guarecen, nadie entre los Inmortales puede escapar de ti, nadie entre los hombres de efímera existencia sabría evitarte, tú haces perder la razón al que posees.

ANTÍSTROFA

Hasta los corazones de los mismos justos los haces injustos y los llevas a la ruina. Por ti acaba de estallar este conflicto entre seres de la misma sangre. Triunfa radiante el atractivo que provocan los ojos de una doncella, cuyo lecho es deseable, y tu fuerza equivale al poder que mantiene las eternas leyes del mundo. ¡Sin lucha y sin pelea, en todo sale victoriosa Afrodita![27]

CUARTO EPISODIO

(Aparece Antígona conducida por dos centinelas y con las manos atadas.)

Corifeo.- Y yo también ahora, al ver lo que estoy viendo, me siento inclinado a desobedecer las leyes y no puedo retener el raudal de mis lágrimas contemplando cómo Antígona avanza

[26] Dios del amor, también llamado Cupido. Era el más joven de todos los dioses y se lo representa como un infante alado, cuyas gracias picarescas causaban muchos tormentos a los hombres y a los dioses. Esas gracias consistían en "flechar" los corazones con sus flechas y encendía así el fuego de la pasión. De estas picardías nadie se salvaba.
[27] Afrodita, también llamada Venus, era la diosa del amor.

hacia el lecho, el lecho nupcial en que duerme la vida de todos los humanos.

Antígona.- ¡Oh ciudadanos de mi madre patria! ¡Vedme emprender mi último camino y contemplar por última vez la luz del Sol! ¡Nunca lo volveré a ver! Pues Hades, que a todos los seres adormece, me lleva viva a las riberas del Aqueronte[28], aun antes de que se hayan entonado para mí himnos de himeneo y sin que a la puerta nupcial me haya recibido ningún canto: mi esposo será el Aqueronte.

Corifeo.- Pero te vas hacia el abismo de los muertos revestida de gloria y de elogios, sin haber sido alcanzada por las enfermedades que marchitan, ni sometida a servidumbre por una espada victoriosa; sola entre todos los mortales, por tu propia voluntad, libre y viva, vas a bajar al Hades.

Antígona.- Sé qué lamentable fin tuvo la extranjera frigia hija[29] de Tántalo, que murió en la cumbre del Sípilo. Al crecer en torno de sí como hiedra robusta, la roca la envolvió por completo. La nieve y las lluvias, según se cuenta, no dejan que se corrompa, y las lágrimas inagotables que brotan de sus párpados bañan los collados. El Destino me reserva una tumba semejante.

Corifeo.- Pero ella era diosa e hija de un dios. En cuanto a nosotros, no somos más que mortales. De modo que cuando ya no vivas, no será una gloria para ti que se llegue a decir que hasta has obtenido en la vida y en la muerte un destino semejante al que habían recibido seres divinos.

Antígona.- ¡Ay! ¡Te burlas de mí! ¿Por qué, en nombre de los dioses paternos, ultrajarme viva sin esperar a mi muerte? ¡Oh Patria! ¡Oh muy afortunados habitantes de Tebas, la de las fuentes dirceas y la de los hermosos carros! ¡Sed vosotros al menos

---

[28] Río que deben atravesar las almas para llegar al reino de los muertos.
[29] Se refiere a Níobe, hija de Tántalo y nieta de Zeus. En su matrimonio con Anfión tuvo siete hijos y siete hijas. Orgullosa de su prole se jactó de ser superior a Leto, madre de Apolo y Artemisa. Leto, ofendida, mandó a sus hijos a que la vengasen. Apolo y Artemisa mataron con sus flechas a todos los hijos de Níobe, quien en su dolor, huyó al lado de su padre. Los dioses, compadecidos de su dolor, la transformaron, en lo alto del Sípilo, en una roca que está siempre húmeda pues sigue llorando a sus hijos.

testigos de cómo, sin ser llorada por mis amigos, y en nombre de qué nuevas leyes, me dirijo hacia el calabozo bajo tierra que me servirá de insólita tumba! ¡Ay, qué desgraciada soy! ¡No habitaré ni entre los hombres ni entre las sombras, y no seré ni de los vivos ni de los muertos!

Corifeo.- Te has dejado llevar por exceso de audacia, y te has estrellado contra el trono elevado de la Justicia. Expías, sin duda, alguna falta ancestral.

Antígona.- ¡Qué pensamientos más amargos has despertado en mí al recordarme el destino demasiado conocido de mi padre, la ruina total que cayó sobre nosotros, el famoso destino de los Labdácidas! ¡Oh fatal himeneo materno! ¡Unión con un padre que fue el mío, de una madre infortunada que le dio el día! ¡De qué padres, desgraciada, nací! Voy hacia ellos ahora, desventurada y, sin haber sido esposa, voy a compartir con ellos su mansión. Y tú, hermano mío, ¡qué unión funesta has formado! ¡Muerto tú, me matas a mí, que vivo todavía!

Corifeo.- Es ser piadoso sin duda honrar a los muertos, pero el que tiene la llave del poder no puede tolerar que se viole ese poder. Tu carácter altivo te ha perdido.

Antígona.- Sin que nadie me llore, sin amigos, sin cantos nupciales, me veo arrastrada, desgraciada de mí, a este inevitable viaje que me apremia. ¡Infortunada, no debo ver ya el ojo sagrado de la antorcha del Sol y nadie llorará sobre mi suerte; ningún amigo se lamentará por mí!

(Entra Creonte.)

Creonte (a los guardianes que conducen a Antígona.).- ¿Ignoráis que nadie pondría término a las lamentaciones y llantos de los que van a morir si se les dejase en libertad de entregarse a ellos? Llevadla sin demora. Encerradla, como he dicho, en aquella cueva abovedada. Dejadla allí sola, abandonada; que se muera o que permanezca viva, sepultada bajo ese techo. Nosotros quedaremos exentos de culpa, en lo que a la joven se refiere, de la mancha de su muerte; pero lo cierto es que ella habrá terminado de habitar con los que viven en la Tierra.

Antígona.- ¡Oh sepulcro, cámara nupcial, eterna morada subterránea que siempre ha de guardarme! ¡Voy a juntarme con casi todos los míos a quienes Perséfone[30] ya ha recibido entre las sombras! ¡Desciendo la última y la más desgraciada, antes de haber vivido la parte de vida que me había sido asignada! ¡Iré nutriendo la certera esperanza de que mi llegada será grata a mi padre -mi querido padre-; grata a ti, madre mía, y grata a ti también, hermano mío, bien amado! Mis propias manos, después de vuestra muerte, os han lavado, os han vestido y han derramado sobre vosotros las libaciones funerarias; y hoy, Polinices, por haber sepultado tus restos, ¡he aquí mi recompensa! No he hecho, sin embargo, a juicio de las personas sensatas, más que rendirte los honores que te debía. Es verdad que si hubiese sido madre con hijos por quienes mirar, si mi esposo hubiese estado consumiéndose por la muerte, nunca me hubiera impuesto tal tarea en contra del pesar de los ciudadanos. Pero, ¿qué razón justifica lo que acabo de decir? Después de la muerte de un esposo me hubiera sido posible tomar otro esposo; y por el hijo que hubiese perdido me hubiera podido nacer otro. Pero puesto que tengo a mi padre y a mi madre encerrados en el Hades, ya no me puede nacer otro hermano. Por esta razón, ¡oh hermano mío!, te he honrado más que a nadie, aunque a los ojos de Creonte haya cometido un crimen y realizado una acción inaudita. Y ahora, con las manos atadas, me arrastran al suplicio sin haber conocido el himeneo, sin haber gustado de las felicidades del matrimonio ni de las de criar hijos. Abandonada de mis amigos, ¡desgraciada!, voy a encerrarme viva en la caverna subterránea de los muertos. ¿Qué ley divina he podido transgredir? ¿De qué me sirve, infortunada, elevar todavía mi mirada hacia los dioses? ¿Qué ayuda puedo invocar, ya que el premio de mi piedad es ser tratada como una impía? Si la suerte que me aflige es justa a los ojos de los dioses, acepto sin quejarme el cri-

---

30 Hija de Zeus y Deméter (Ceres), llamada Proserpina en la mitología romana. Fue raptada por Hades, mientras ella se dedicaba a recoger flores en una pradera. "Soberana de las sombras", ejerce su imperio sobre las almas.

men y la pena; pero si los que me juzgan lo hacen injustamente, ojalá tengan ellos que soportar más males que los que me hacen sufrir inicuamente.

Corifeo.- Las mismas tempestades que agitaban su alma la atormentan aún.

Creonte.- Por eso va a costar lágrimas a los que la conducen con tanta lentitud.

Antígona.- ¡Ay! ¡Esas palabras vienen a anunciarme que está próximo el momento de mi muerte!

Creonte.- No te aconsejo, en efecto, que esperes que mis órdenes quedarán incumplidas.

Antígona.- ¡Oh ciudad de mis padres en el país tebano! Y vosotros, dioses de mis padres, ya me están llevando. Nada espero. ¡Ved, jefes tebanos, a la última de las hijas de vuestros reyes! ¡Ved qué ultrajes sufro y por qué manos los padezco, por haber practicado piadosamente la piedad!

(Antígona es llevada lentamente por los guardias; el Coro canta)

ESTÁSIMOS

ESTROFA 1

Coro.- Dánae[31] también sufrió una suerte semejante cuando se vio obligada a despedirse de la claridad del cielo en su prisión

---

[31] Dánae era hija del rey de Argos. Los oráculos habían predicho a este rey que su hija tendría un hijo que le daría muerte a él. Para evitarlo, encerró a su hija en una cámara subterránea guarnecida de bronce. Sin embargo, fue seducida por Zeus metamorfoseado en lluvia de oro. De esa unión nació Perseo. Enterado el rey, puso a hija y nieto en un arca y los arrojó al mar que los condujo hasta las playas de Serifo, donde fueron recogidos por unos pescadores. Mucho tiempo después, Perseo mató por error a su abuelo.

de bronce; encerrada en una tumba, que fue su lecho nupcial, fue sometida al yugo de la Necesidad. Era, sin embargo, ¡oh, hija mía!, de ilustre origen, y en su seno conservaba esparcida en lluvia de oro la semilla de Zeus. Pero el poder del Destino es terrible, y ni la opulencia ni Ares, ni las torres de las murallas, ni los oscuros navíos batidos por las olas, pueden esquivarlo.

ANTÍSTROFA 1

También fue encadenado el hijo impetuoso de Driante[32], el rey de los Edones, quien en castigo de sus violentos arrebatos, fue encerrado por Dionisio en una prisión de piedra. Y así purgó la terrible violencia de su exuberante locura. Él reconoció que era insensato atacar al dios con insolentes palabras, pues intentaba poner término al delirio de las Bacantes[33] y apagar el báquico fuego y provocó a las Musas[34], amigas de las flautas.

ESTROFA 2

Viniendo de las rocas Cianeas, entre los dos mares, se encuentran la ribera del Bósforo y la inhospitalaria Salmideso de los tracios. Ares, adorado en estos lugares, vio la cegadora y maldita herida que a los dos hijos de Fineo[35] infligió su feroz madrastra, al reventar en sus ojos las órbitas odiadas, armada no de una

[32] Driante no permitió el paso de Dionisio y su corte por su territorio. Entonces fue castigado con la locura y, luego, encerrado en una cueva del monte Pangeo.

[33] Sacerdotisas de Dionisio. En las fiestas que se celebraban en honor a él, las sacerdotisas se disfrazaban de bacantes y semidesnudas, con una corona de hiedra en la cabeza y un tirso en la mano, cantaban y danzaban alrededor del dios.

[34] Apolo, hijo de Zeus y Latona y hermano gemelo de Artemisa, considerado el dios de las artes, tenía, como corte o compañeras habituales, a las Musas. Eran nueve: Clío, musa de la Historia; Euterpe, musa de la Música; Talía, musa de la comedia. Melpómene, musa de la Tragedia; Tepsícore, musa de la poesía líra y la danza. Erato, musa de la poesía erótica; Urania, de la Astronomía, y Caliope, musa de la poesía épica y la elocuencia. Se reunían en el monte Parnaso.

[35] Fineo estaba casado con Cleopatra de quien tuvo dos hijos. Fineo abandonó a su mujer y se casó con Idea, quien celosa de sus hijastros, les sacó los ojos y los encerró en una caverna.

espada, sino con la punta de una lanzadera y con ayuda de sus manos sanguinarias.

ANTÍSTROFA 2

Los desgraciados, en el paroxismo de sus dolores, deploraban la desgracia de su suerte y el fatal himeneo de la madre de la que habían nacido. Ésta, sin embargo, descendía de la antigua raza de los Eréctidas[36]. Había crecido en los antros lejanos en medio de las tempestades que desencadenaba su padre Bóreas; rápida como un corcel, recorría la montaña escarpada por el hielo esta hija de los dioses. Pero las Furias[37] inmortales le habían hecho blanco de sus tiros, hija mía. ¡Silencio!

QUINTO EPISODIO

TERCER AGÓN

(Llega el adivino ciego Tiresias guiado por un niño.)

Tiresias.- Jefes de Tebas, hemos hecho juntos el camino, ya que el uno ve por el otro, pues los ciegos no pueden andar sino guiados.

Creonte.- ¡Oh, anciano Tiresias! ¿Qué hay de nuevo?

Tiresias.- Voy a decírtelo y tú obedecerás al adivino.

Creonte.- Nunca hasta ahora desatendí tus consejos.

Tiresias.- Y por eso gobiernas rectamente esta ciudad.

Creonte.- Reconozco que me has dado útiles consejos.

[36] Descendientes de Erecteo, hijo de la Tierra en su unión con Hefestos. Fue el primer rey legendario de Atenas, por eso se alude a los atenienses también con el nombre de erecteidas.

[37] Las Furias o Erinias eran divinidades infernales encargadas de castigar a los parricidas y perjuros y, en general, a todo aquel que atentara contra el orden social. Eran negras, con la cabellera erizada de serpientes y armadas de antorchas encendidas y de látigos. Tomaban asiento a la puerta de la casa del culpable, a quien acompañaban hasta el infierno, donde continuaban su misión vengadora.

Tiresias.- Pues es preciso que sepas que la Fortuna te ha puesto otra vez sobre el filo de la navaja.

Creonte.- ¿Qué hay? Me estremezco al pensar qué palabras van a salir tus labios.

Tiresias.- Las que vas a oír y que los signos de mi arte me han proporcionado. Estaba, pues, en mi viejo asiento augural, desde donde observo todos los presagios, cuando de repente oí extraños graznidos que, con funesta furia e ininteligible algarabía, lanzaban unas aves. Comprendí en seguida, por el retumbante batir de sus alas, que con sus garras y sus picos se despedazaban unas a otras. Espantado, en el acto recurrí al sacrificio del fuego sobre el altar. Pero la llama no brillaba encima de las víctimas; la grasa de los muslos se derretía y goteaba sobre la ceniza, humeaba y chisporroteaba; la hiel se evaporaba en el aire y quedaban los huesos de los muslos desprovistos de su carne. He aquí lo que me comunicaba este niño: los presagios no se manifestaban; el sacrificio no daba signo alguno: él es para mí un guía, como yo lo soy para otros. Y esa desgracia que amenaza a la ciudad es por culpa tuya. Nuestros altares y nuestros hogares sagrados están todos repletos con los pedazos que las aves de presa y los perros han arrancado al cadáver del desgraciado hijo de Edipo. Por eso los dioses no acogen ya la plegaria de nuestros sacrificios ni las llamas que ascienden de los muslos de las víctimas; ningún ave deja oír gritos de buen augurio, pues todas están saturadas de sangre humana y de grasa fétida. ¡Hijo mío, piensa en todos esos presagios! Común es a todos los hombres el error; pero cuando se ha cometido una falta, el persistir en el mal en vez de remediarlo es sólo obra de un hombre desgraciado e insensato. La terquedad es madre de la tontería. Cede, pues, ante un muerto, y no aguijonees ya al que ha dejado de existir. ¿Qué valor supone matar a un muerto por segunda vez? Movido por mi devoción por ti te aconsejo bien; no hay nada más grato que escuchar a un hombre que solamente habla en provecho de todos.

Creonte.- Anciano, venís todos como arqueros contra el blanco y disparáis vuestras flechas contra mí. ¡Y también habéis

Antígona (margen izquierdo)

54

acudido al arte adivinatorio! En cuanto a mi familia, hace tiempo ésta me ha expedido y vendido como una mercancía. Enriqueceos, si es eso lo que queréis; ganad traficando con todos los metales de Sardes, con todo el oro que hay en la India; pero jamás pondréis a Polinices en la tumba. No, aunque las águilas de Zeus quisieran, para saciarse, llevar hasta los pies de su trono divino los despojos de ese cadáver, ni aun en ese caso, consentiría yo, por miedo a esa muchacha, que se le diesen sepultura. Sé muy bien, además, que ningún hombre tiene el poder de contaminar a los dioses. ¡Oh anciano Tiresias! ¡A qué hondura pueden degradarse los mortales cuando disfrazan sus palabras de ropaje bello y de fondo reprobable, por un vano interés de lucro!

Tiresias.- ¡Ay! ¿Es que hay alguien que sepa, hay alguien que conciba...?

Creonte.- ¿De qué estáis hablando? ¿Qué quieres insinuar?

Tiresias.- Que la prudencia es la mejor de todas las riquezas.

Creonte.- También digo yo que la demencia es el más grande de los males.

Tiresias.- Pues ése es precisamente el mal que te aqueja.

Creonte.- No quiero devolver a un adivino injuria por injuria.

Tiresias.- Y, sin embargo, así lo haces tachando mis predicciones de imposturas.

Creonte.- La especie de los adivinos es ávida de dinero.

Tiresias.- Y la de los tiranos gusta de las adulaciones vergonzosas .

Creonte.- ¿Te das cuenta de que tus palabras van dirigidas a tu rey?

Tiresias.- Lo sé, pues ha sido gracias a mí como has salvado la ciudad.[38]

Creonte.- Eres un hábil adivino, pero te estás dando el gusto de mostrarte injusto.

Tiresias.- Me obligarás a decir lo que hubiera querido guardar mi corazón.

---

[38] Seguramente alude a su intervención, sugerida por Creonte a Edipo, cuando una peste terrible asolaba la ciudad de Tebas en *Edipo Rey*.

Creonte.- Descúbrelo, pero que no sea la codicia la que te inspire.

Tiresias.- ¿De modo que crees verdaderamente que, al hablarte así, lo hago sólo movido por el interés?

Creonte.- Por ningún precio, tenlo bien entendido, cambiaré de idea.

Tiresias.- Pues bien, a tu vez es preciso que sepas que las ruedas rápidas del Sol no darán muchas vueltas sin que un heredero de tu sangre pague con su muerte otra muerte; porque tú has precipitado ignominiosamente bajo tierra a un ser que vivía en su superficie y lo has obligado a vivir en un sepulcro y, por añadidura, retienes aquí arriba a un cadáver lejos de los dioses subterráneos, sin honras fúnebres y sin sepultura. Y tú no tienes derecho a hacer eso; ni tú ni ninguno de los dioses celestes: es un atropello que cometes, por eso las Divinidades vengadoras que persiguen el crimen, las Erinias del Hades y de los dioses, están al acecho para envolverte en los mismos males que tú has infligido. Y ahora mira si es la codicia la que inspira mis palabras. Se aproxima la hora en que lamentaciones de hombres y mujeres llenarán tu palacio. Contra ti se concilian como enemigos todas las ciudades en las que las aves de anchas alas, las fieras o los perros han llevado restos despedazados de los cadáveres y un olor inmundo hasta los hogares de esos muertos[39]. Tales son los dardos que, en mi cólera, ya que me has irritado, he lanzado como un arquero infalible contra tu corazón, y cuyas sangrantes heridas no podrás evitar. *(Dirigiéndose al niño lazarillo.)* Tú, niño, vuelve a llevarme a mi hogar. En cuanto a él, que descargue su cólera en gentes más jóvenes que yo, que aprenda a mantener su lengua más tranquila y a acariciar en su corazón sentimientos más nobles que los que acaba de expresar ahora.

(Tiresias y el niño se retiran.
El Coro está aterrado. Silencio.)

---

[39] Habla en plural porque se refiere a los que murieron junto a Polinices, ante las puertas de Tebas.

Corifeo.- Rey: ese hombre se ha retirado después de haber anunciado cosas espantosas, y yo he visto, desde que cambié mis negros cabellos por estos blancos que peino ahora, que este adivino jamás predijo a la ciudad oráculos falsos.

Creonte.- También yo lo sé, y mi mente se debate en un mar de confusiones. Es duro ceder; pero no lo es menos resistir y estrellarse contra la desgracia.

Corifeo.- Es necesaria prudencia, Creonte, hijo de Meneceo.

Creonte.- ¿Qué debo hacer? Dímelo, que yo obedeceré.

Corifeo.- Ve de prisa, saca a la joven de su prisión subterránea y prepara una sepultura para quien permanece al aire libre.

Creonte.- ¿Eso crees que debo hacer? ¿Tú quieres que ceda?

Corifeo.- Sí, rey, y lo más pronto posible. La venganza de los dioses tiene rápido el paso, alcanza a los males por los caminos más cortos.

Creonte.- ¡Lo siento! Con gran pena, renuncio a mi resolución, pero, sin embargo, sigo tus indicaciones. Es vano obstinarse en luchar contra la necesidad.

Corifeo.- Ve, pues; corre, y no fíes el cumplimiento de estos cuidados más que a ti mismo.

Creonte.- Voy al instante yo mismo. Vamos, corred, servidores, los que estáis aquí y los que no estáis; corred con hachas en las manos hasta el lugar arbolado que veis desde aquí. *(Al Coro.)* Y yo, puesto que ya he cambiado de parecer, desde que con mis manos até a Antígona, quiero ir en persona a libertarla. Me temo que no sea lo mejor pasar la vida observando las leyes establecidas.

(Se retira Creonte.)

ESTÁSIMOS

ESTROFA 1

Coro.- Tú, a quien se honra bajo tantos nombres diferentes; tú, orgullo de la ninfa de Cadmo, vástago de Zeus, el del retumbante trueno; tú que proteges a la ilustre Italia y reinas en los valles de Deméter Eleusina patentes a todos los griegos; ¡oh, Baco!, tú que habitas en Tebas, madre patria de las bacantes, la ciudad construida junto a las plácidas aguas del Ismeno y cerca de los lugares en donde se sembraron los dientes del feroz Dragón.

ANTÍSTROFA 1

La resplandeciente luz de las antorchas de negro humo te ha visto por encima de la roca de doble cima[40] en donde bailan las ninfas de Corico, las bacantes. Te ha visto la fuente de Castalia. Y a ti, desde las escarpadas cumbres de hiedra tapizadas, y desde los montes de Nisa y de las faldas donde fértiles viñedos verdean, te envían, por divinos cantos, a visitar las calles y la ciudad de Tebas, que te glorifican.

ESTROFA 2

Es ésta la ciudad que amas sobre todas las ciudades como la amaba tu madre[41], muerta por el rayo. Y como hoy una plaga

---

[40] Se refiere al Parnaso.

[41] Alude a Semele, hija de Cadmo y Harmonía. Amada por Zeus, concibió a Dionisio. Hera, esposa de Zeus, celoso de ella, la incitó a que le pidiese a Zeus que se le presentara con toda su magnificencia. Zeus, quien le había prometido concederle todo cuanto ella pidiera, no pudo rehusar, y se aproximó a ella con sus rayos, con los cuales la carbonizó.

peligrosa amenaza a todo tu pueblo, ven y purifícalo; franquea la cumbre del Parnaso o las olas resonantes del estrecho del Euripilo. ¡Oh tú que diriges el coro de los astros rutilantes!. Tú, hijo de Zeus, que presides los nocturnos clamores: aparece, ¡oh rey mío!, en compañía de las Túadas[42], esas hijas de Naxos que, poseídas de divino delirio, pasan la noche entera celebrándote con sus coros de danzas a ti, ¡oh soberano Iaco[43]!, a quien han consagrado su vida.

SEXTO EPISODIO

(Entra un mensajero)

Mensajero.- ¡Oh vosotros que habitáis en los alrededores del palacio de Cadmo y el templo de Anfión[44]! No hay vida humana que yo pueda considerar envidiable o digna de lástima mientras el hombre existe. La Fortuna[45], en efecto, tan pronto ensalza al desgraciado como abate siempre al dichoso; nadie puede predecir el destino reservado a los mortales. Creonte, hace poco, parecía a mi juicio digno de envidia: había libertado de manos de sus enemigos a esta tierra cadmea; poseía un poder absoluto, gobernaba la comarca entera, y unos hijos nobles eran ornato de su raza. Y ahora ¡todo ha desaparecido! Cuando los hombres han perdido el objeto de sus alegrías, yo ya no puedo afirmar que vivan, sino que los considero como muertos que respiran. Acumula, si quieres, inmensos tesoros en tu casa; vive con toda la magnificencia de un rey; si falta la alegría, por todos

---

[42] Ninfas devotas de Dionisio.
[43] Otro de los nombres de Dionisio.
[44] Hijo de Zeus y Antiope, hermano gemelo de Zeto. Ambos hermanos pusieron sitio a Tebas y, tras derrocar a Lico, reinaron en la ciudad.
[45] Diosa que personificaba tanto a la buena como a la mala suerte. Era representada como una mujer ciega, porque no veía a quién favorecía, y calva, porque no se la podía retener después que había pasado; sus pies alados la hacían marchar velozmente.

esos bienes, comparados con la verdadera dicha, no daría yo ni la sombra del humo[46] .

Corifeo.- ¿Qué nuevo infortunio de nuestros reyes vienes a anunciarnos?

Mensajero.- Han muerto, y los que aún viven son los culpables de que hayan muerto.

Corifeo.- ¿Quién ha matado? ¿Quién ha muerto? ¡Habla!

Mensajero.- ¡Hemón ha muerto! Una mano amiga ha derramado su sangre.

Corifeo.- ¿La mano de su padre o bien la suya propia?

Mensajero.- Se mató por su mano, enfurecido contra su padre por la muerte que había ordenado.

Corifeo .- ¡Oh adivino! ¡Tus predicciones se han cumplido sin demora!

Mensajero.- Ya que así es, conviene pensar en todo lo que puede suceder.

(Se ve a Eurídice, esposa de Creonte, que sale por la puerta central, la puerta de palacio)

Corifeo.- Pero veo que se acerca la desgraciada Eurídice, la esposa de Creonte. ¿Sale del palacio porque sabe la muerte de su hijo o por casualidad?

Eurídice. - Ciudadanos todos, aquí reunidos, he oído vuestras palabras cuando iba a salir para hacer mis plegarias a la diosa Palas[47] . Iba a abrir la puerta, cuando el rumor de una desgracia doméstica hirió mis oídos. El susto me hizo caer de espaldas en brazos de mis sirvientas y, helada de espanto, quedé sin sentido. Pero, ¿qué decíais? Repetidme vuestras palabras; no me falta experiencia en desgracias para que pueda oír otras.

Mensajero.- Amada Reina: te diré todo aquello de lo que yo he sido testigo y no omitiré ni una palabra de la verdad. ¿Para qué dulcificarte un relato que más tarde se sabrá que es falso? La

---

[46] Expresión proverbial: si el humo nada vale, su sombra, menos.
[47] Se refiere a Atenea, hija de Zeus, diosa de la Sabiduría, las Artes y la Inteligencia, patrona de Tebas.

verdad es siempre el camino más derecho. Acompañaba y guiaba yo a tu esposo hacia el sitio elevado de la llanura en donde, sin piedad y despedazado por los perros, yacía todavía el cuerpo de Polinices. Allí, después de hacer nuestra plegaria primero a la diosa de los caminos[48] y a Plutón[49], para que contuviesen su cólera y nos fueran propicios, lavamos el cadáver con agua lustral[50] y quemamos los restos que quedaban con ramas de olivo recién cortadas. Por fin, con la tierra natal, amontonada con nuestras manos, erigimos un túmulo elevado. Nos encaminamos en seguida hacia ese antro de piedra, cámara nupcial de Hades, en donde se hallaba la joven. Desde lejos, uno de nosotros oyó un grito lejano y agudos gemidos que salían de ese sepulcro privado de honras fúnebres y se lo dijo inmediatamente al rey. Él, a medida que se aproximaba, percibía acentos confusos de una voz angustiada. De pronto, lanzando un gran grito de dolor, profirió estas desgarradoras palabras: "¡Qué infortunado soy! ¿Habré adivinado? ¿Acaso hago el camino más triste por las sendas de mi vida? ¡Es la voz de mi hijo la que llega a mis oídos! ¡Id, servidores, corred más de prisa, arrancad la piedra que tapa la boca del antro, penetrad en él y decidme si es la voz de Hemón la que oigo o si me engañan los dioses!" Atendiendo estas órdenes de nuestro amo enloquecido, corrimos y miramos en el fondo de la tumba. Vimos a Antígona colgada por el cuello: un nudo corredizo, que había hecho trenzando su cinturón, la había ahorcado. Hemón, desfallecido, la sostenía, abrazado a ella por la cintura; deploraba la pérdida de la que debía haber sido suya, y que estaba ya en la mansión de los muertos, la crueldad de su padre y el final desastroso de su amor. En cuanto Creonte lo vio, lanzó un ronco gemido, entró en la tumba y se fue derecho hacia su hijo, llamándolo y gritando dolorido:"¡Desgraciado! ¿Qué has hecho? ¿Qué pretendías? ¿Qué desgracia te ha quitado el juicio? Sal, hijo mío; tu padre,

---

[48] Se refiere a Hécate, esposa de Plutón, diosa de los caminos y de las tumbas que en ellos se encuentran.
[49] Otro nombre dado a Hades.
[50] Aquella con la que se rociaba a las víctimas y otras cosas en los sacrificios.

suplicando, te lo ruega". El hijo, entonces, clava en su padre una torva mirada, le escupe a la cara y desenvaina, sin contestarle, su espada de doble filo y se lanza contra él. Creonte esquiva el golpe. Entonces, el desgraciado, volviendo su rabia contra sí mismo, sin soltar su espada, la hunde en el costado hasta la mitad de su hoja. Dueño aún de sus sentidos, rodea a Antígona con sus brazos desfallecidos y, vertiendo un chorro de sangre, enrojece las pálidas mejillas de la doncella. ¡El desgraciado ha recibido la iniciación nupcial en la mansión de Hades, y demostró a los hombres que la imprudencia es el peor de los males!

(Eurídice, en silencio, se retira)

Corifeo.- ¿Qué hemos de pensar de esto? La reina, sin decir palabra ni favorable ni nefasta, se ha retirado.

Mensajero. - ¡Yo también estoy aterrado! Me figuro que, informada de la desgracia de su hijo y no considerando decoroso prorrumpir en sollozos a la vista de la ciudad, se ha ido dentro del palacio a anunciar a sus esclavas el luto de su casa y a rogarles que lloren con ella. Es demasiado prudente para cometer una falta.

Corifeo.- ¡No sé, no sé! Pero un silencio demasiado grande me hace presagiar una desgracia inminente, lo mismo que grandes gritos me parecen inútiles.

Mensajero.- Vamos a enterarnos, entrando en palacio, si su corazón irritado no disimula algún secreto designio desconocido, porque, tienes razón, un silencio excesivo es síntoma de tristes presagios.

(El mensajero entra en el palacio.
Se ve entrar a Creonte con un grupo de servidores:
trae el cadáver de Hemón en sus brazos)

Corifeo.- Pero he aquí al Rey que llega en persona; trae en sus brazos la evidente señal, si me está permitido expresarme así, no de la desgracia ajena sino de sus propias culpas.

Creonte.- ¡Oh irreparables y mortales errores de mi mente extraviada! ¡Oh vosotros que veis al matador y a la víctima de su propia sangre! ¡Oh sentencias llenas de demencia! ¡Ay, hijo mío, mueres en tu juventud, de una muerte prematura, y tu muerte, ¡ay!, no ha sido causada por una locura tuya, sino por la mía!

Corifeo.- ¡Ay, qué tarde me parece que ves la justicia!

Creonte.- ¡Ay! ¡Por fin la he conocido, desgraciado de mí! Pero un dios, haciendo gravitar el peso de su enojo, descargó sobre mí su mano. ¡Él me ha empujado por rutas crueles, pisoteando mi felicidad! ¡Ay! ¡Ay! ¡Oh esfuerzos vanamente laboriosos de los mortales!

(Del interior del palacio vuelve el mensajero)

Mensajero.- ¡Qué serie de desgracias son las tuyas! ¡Oh mi amo! Si de una tienes la prueba innegable en tus brazos, de otras verás el testimonio en tu palacio: pronto tendrás ocasión de verlo.

Creonte.- ¿Y qué males más espantosos que los que he soportado pueden acontecerme aún?

Mensajero.- Tu mujer ha muerto; la madre amantísima del difunto que lloras ha muerto, por la herida mortal que acaba de asestarse.

Creonte.- ¡Oh abismos inexorables del Hades! ¿Por qué, por qué consumas mi pérdida? ¡Oh tú, mensajero de aflicciones! ¿Qué otra nueva vienes a anunciarme? ¡Cuando yo estaba casi muerto vienen a descargarme el golpe mortal! ¿Pero qué dices, amigo mío? ¿Esa nueva noticia que me anuncias es la muerte de mi esposa, una víctima más que añadir a la muerte de mi hijo?

Mensajero.- Puedes verla, pues ya no está en el interior.

*(Se abre la puerta del palacio y se ve
el cuerpo muerto de Eurídice)* 63

Creonte.- ¡Ah, infeliz de mí! ¡Veo esta otra y segunda desgracia! ¿Qué otro fatal destino, ¡ay!, me espera? ¡Sostengo en mis brazos a mi hijo que acaba de expirar; y ahí, ante los ojos, tengo a ese otro cadáver! ¡Ay! ¡Oh madre infortunada! ¡Ay! ¡Oh hijo mío!

Mensajero.- Ante el altar se atravesó con un hierro agudo y cerró sus párpados, llenos de oscuridad, no sin haber llorado sobre la suerte gloriosa de Megareo[51], que murió antes, y sobre la de Hemón; te maldijo deseándote toda clase de desgracias y llamándote, al fin, asesino de su hijo.

Creonte.- ¡Ay! ¡Ay! ¡Enloquezco de horror! ¿Por qué no ha de haber nadie para hundirme en pleno corazón el doble filo de una espada? De todas partes me veo sumido en la desgracia.

Mensajero.- Ella, al morir, sólo a ti impugnaba su muerte y la de sus hijos.

Creonte.- ¿De qué modo se dio muerte?

Mensajero.- Ella misma se hundió una espada debajo del hígado no bien supo el deplorable fin de su hijo.

Creonte.- ¡Ay de mí! ¡Jamás se imputen estas calamidades a otro que a mí, pues he sido yo, miserable; sí, yo he sido quien te ha matado, es la verdad! Vamos, servidores, llevadme lejos de aquí; ya no soy nadie, ya no existo.

Corifeo.- Lo que solicitas es un bien si éste puede existir cuando se sufre; mientras más cortos son los males presentes, mejor podemos soportarlos.

Creonte. - ¡Que llegue, que llegue cuanto antes el más deseado de mis infortunios trayendo el fin de mis días! ¡Que venga! ¡Que llegue, que llegue para que no vea brillar otro nuevo día!

Corifeo.- Estos votos conciernen al futuro; ahora es del presente del que debemos preocuparnos. El cuidado de esas otras cosas corresponde a quienes es preciso que corresponda.

---

[51] Megareo era otro hijo de Creonte y Eurídice. Cuenta la historia que, en el momento del ataque del ejército argivo contra Tebas, Tiresias vaticina que la ciudad podrá salvarse sólo si uno de los descendientes de Cadmo se ofrece como expiación a Ares, contrariado por la muerte del dragón a manos de Cadmo. Este hijo de Creonte, contra la voluntad de su padre, se ofrece voluntariamente a esa expiación.

Creonte.- Pero lo que deseo es lo que en mis súplicas pido.

Corifeo.- Por el momento no formules ningún voto, pues ningún mortal podrá escapar de las desgracias que le estén asignadas por el destino.

Creonte.- Llevaos, pues, y muy lejos, al ser insensato que soy; al hombre que, sin quererlo, te hizo morir, ¡oh hijo mío, y a ti, querida esposa! ¡Desgraciado de mí! No sé hacia quién de esos dos muertos debo dirigir mi vista, ni a dónde he de encaminarme. Todo cuanto tenía se ha venido a tierra y una inmensa angustia se ha abatido sobre mi cabeza.

(Se llevan a Creonte.)

ÉXODO

Coro.- La prudencia es, con mucho, la primera fuente de ventura. No se debe ser impío con los dioses. Las palabras insolentes y altaneras las pagan con grandes infortunios los espíritus orgullosos, que no aprenden a tener juicio sino cuando llegan las tardías horas de la vejez.

EDIPO REY

Personajes
(por orden de aparición)

Edipo (Rey de Tebas)

Sacerdote de Zeus

Creonte (Cuñado de Edipo)

Coro de Ancianos

Corifeo

Tiresias (Adivino ciego)

Niño (Lazarillo de Tiresias)

Yocasta (Reina de Tebas, viuda de Layo, esposa de Edipo)

Un Mensajero

Un Pastor (Anciano, viejo criado de Layo)

Paje

La acción transcurre en Tebas, ante el palacio de Edipo. En el centro, un altar con varios escalones. Un grupo numeroso de tebanos, de toda edad y condición social, arrodillados, que han depositado ramas de laurel y olivo adornadas con cintas blancas, se hallan en círculo y, en el centro de éste, el gran sacerdote de Zeus[1].

Edipo sale de palacio; se detiene un momento en el umbral, contempla a la multitud y empieza a hablar.

PRÓLOGO

Edipo.- ¡Hijos míos, nuevos descendientes del antiguo Cadmo[2]!, ¿qué solicitáis de mí tan encarecidamente, con ramos de suplicantes? Nuestra ciudad está saturada del humo del incienso, así como de ayes y lamentos. Por eso, hijos míos, he creído preferible informarme por mí mismo y no por mensajeros, y con este fin he querido presentarme, aquí mismo, en persona. Yo, el llamado por todos ilustre Edipo. *(Se dirige al sacerdote.)* Vamos, habla tú, anciano, puesto que por tu edad eres el más indicado para explicarte por ellos. ¿Por qué esa actitud? ¿Con qué fin os habéis congregado aquí? ¿Qué teméis o qué deseáis? Heme aquí dispuesto a ayudaros en todo, ya que tendría que ser insensible al dolor si no me conmoviese tal concurrencia y vuestra actitud suplicante.

Sacerdote.- Pues bien, ¡oh Edipo!, rey de nuestra patria, ya ves que somos suplicantes de todas las edades, agrupados en torno de las aras de tu palacio. Unos no tienen aún fuerza para volar lejos del nido; otros son sacerdotes como yo, de Zeus, abrumados por los años; éstos se cuentan entre lo más florido de nuestra juventud, mientras el resto del pueblo, coronado con las

---

[1] Dios más importante del panteón olímpico, y padre de la mayoría de los dioses olímpicos. Hijo de Cronos y Rea. Él y sus hermanos, Poseidón y Hades, se repartieron el mundo: a Hades le correspondió el mundo subterráneo; a Poseidón, los mares; y a Zeus, el cielo y la tierra.

[2] Véase en *Antígona*, nota 11.

ramas de los suplicantes, se aglomera en el Ágora[3] , en torno de los dos templos consagrados a Palas[4] y junto a las cenizas proféticas del divino Ismeno[5]. Tebas, como tú mismo lo estás viendo, se halla profundamente consternada por la desgracia; no puede levantar la cabeza del abismo mortífero en que está sumida. Los brotes fructíferos de la tierra se secan en los campos; perecen los rebaños que pacen en los pastizales; despuéblase con la esterilidad de sus mujeres. Un dios que trae el fuego abrasador de las fiebres, la execrable Peste, se ha adueñado de la ciudad, y va dejando exhausta de hombres la mansión de Cadmo, mientras las sombras del Hades[6] desbordan de llantos y de gemidos. Ciertamente ni estos jóvenes ni yo, aquí reunidos, pretendemos igualarnos con los dioses; pero te reconocemos como el primero de los mortales para socorrernos en la desgracia que se cierne sobre nuestras vidas y para obtener el auxilio de los dioses. Pues fuiste tú, cuando viniste a esta ciudad de Cadmo, quien nos libró del tributo que pagábamos a la implacable Esfinge[7], y esto lo hiciste sin haber sido informado por nosotros ni haber recibido ninguna instrucción. Tebas piensa y proclama que sólo con la ayuda de alguna divinidad conseguiste enderezar el rumbo de nuestra vida. Hoy, pues, poderoso

[3] Véase en **Antígona**, nota 1.

[4] Véase en **Antígona**, nota 47.

[5] Nombre que se le daba a Apolo en Tebas por tener este dios un templo junto a una corriente del río con el mismo nombre. Este santuario era también centro de adivinación.

[6] Véase nota 18, en **Antígona**.

[7] Monstruo con rostro de mujer, pechos, patas y cola de león y alas de ave rapaz. Fue enviado por la diosa Hera contra Tebas por el crimen de Layo. Se estableció en una colina al oeste de Tebas y allí planteaba enigmas a los paseantes y peregrinos, quienes, al no resolverlos, eran devorados por ella o despeñados. El pueblo de Tebas valora a Edipo por haber vencido al monstruo, al lograr descifrar el acertijo que le había propuesto, cuando llegó a las puertas de Tebas: "Hay una cosa en la Tierra que tiene dos, cuatro y tres pies, y su voz es única; solamente tienen diferente naturaleza los reptiles que se mueven en la tierra, en el aire y en el mar. Y esa cosa pierde la velocidad de sus miembros precisamente cuando con más pies camina". La respuesta de Edipo fue: "Tu enigma ha pintado al hombre, que cuando es infante sale de las cavernas maternas y se arrastra por la tierra en cuatro pies; cuando es adulto, anda con dos pies, y cuando alcanza la vejez, encorvado por el peso de los años, se apoya en el bastón, su tercer pie".

Edipo, a ti vuelven sus ojos todos estos suplicantes que te ruegan halles remedio a sus males, bien porque hayas oído la voz de algún dios, bien porque te haya aconsejado algún mortal, pues sé que los consejos de los hombres de experiencia ejercen una feliz influencia en los acontecimientos. ¡Ea, oh tú, el mejor de los mortales, salva a esta ciudad! ¡Vamos! Recuerda que si esta tierra hoy te proclama su salvador es en atención a tu celo pasado. Que tu reino no nos deje jamás el recuerdo de haber sido puestos a flote para después volver a caer en el abismo. Levanta, pues, esta ciudad con firme solidez. Tiempo atrás, felices auspicios te hicieron hallar para nosotros una suerte favorable; sé hoy semejante a lo que fuiste entonces. Si, en efecto, has de continuar rigiendo esta tierra, será más confortador reinar sobre hombres que regir un país sin habitantes. De nada sirven navíos y fortalezas tan pronto como los hombres han desertado de ellos.

Edipo.- Hijos dignos de mi piedad, habéis venido movidos por deseos cuyo objeto me es conocido y, aun podría decir, demasiado conocido. Sé, en efecto, que todos sufrís; y aunque todos reunidos padecéis, ninguno tanto como yo. Cada uno de vosotros sufre su propio dolor, y no el ajeno; en cambio, mi alma gime a un tiempo por Tebas, por mí mismo y por vosotros. Así pues, no me despertáis de un sueño reparador, sino sabed que ya he llorado mucho y que en mis cavilaciones he recorrido muchos y muy diversos caminos. En fin, después de haber reflexionado con madurez, he empleado el único remedio que acababa de encontrar. He enviado al hijo de Meneceo, Creonte, mi cuñado, a la morada de Apolo Pitio[8], con el fin de que se informe sobre lo que debo hacer o decidir para salvar la ciudad. Desde entonces –contando cada día el tiempo transcurrido desde su marcha– me pregunto con ansiedad lo que está ya haciendo, pues su ausencia se prolonga más allá del tiempo

---

8 Apolo dio muerte, a flechazos, al monstruo Pitón, que era una serpiente o dragón engendrado de la podredumbre de la Tierra en Delfos. Por esta razón se lo honró con el nombre de Apolo Pitio. En Delfos, apoderándose del oráculo de Temis, Apolo se erigió como único soberano.

requerido y verosímil. Pero en cuanto regrese, sea tenido yo por cobarde si no ejecuto cuanto exija el dios.

Sacerdote.- En verdad, Edipo, no podías hablar con más acierto, pues me están anunciando la llegada de Creonte.

Edipo.- ¡Oh rey Apolo! ¡Ojalá traiga la saludable dicha que nos presagia su radiante semblante!

Sacerdote.- Viéndolo, parece que, en efecto, trae buenas noticias, pues de otro modo no vendría con la cabeza coronada de verde laurel.

Edipo.- Vamos a saberlo, pues está ya justamente al alcance de mi voz. Príncipe aliado mío, hijo de Meneceo, ¿qué respuesta del dios vienes a traernos?

(Llega Creonte)

Creonte.- Un oráculo beneficioso; pues os anunció que nuestros males, si por una feliz contingencia les encontramos remedio, se convertirán en bien.

Edipo.- ¿Cuál es la respuesta del oráculo?, pues por lo que acabas de decir, no estoy ni más tranquilo ni menos asustado.

Creonte.- Si quieres oírme en presencia de todos, estoy dispuesto a hablar; si no, puedo también entrar en tu palacio.

Edipo.- Habla ante todos, pues sus sufrimientos me anonadan más que si se tratara de mi propia vida.

Creonte.- Voy, pues, a repetir lo que oí de boca del dios. El rey Apolo nos ordena expresamente lavar una mancha que ha nutrido este país y no dejarla crecer hasta que no tenga remedio.

Edipo.- ¿Por medio de qué purificaciones? ¿Cómo nos libraremos de esta calamidad?

Creonte.- Desterrando a un culpable, o expiando un homicidio con otro homicidio, pues una sangre derramada es la causa de las desventuras de Tebas.

Edipo.- Pero, ¿a qué hombre se refiere ese homicidio?

Creonte.- Príncipe, antes de que vinieras a gobernar esta ciudad, teníamos un rey, jefe de esta tierra, que se llamaba Layo.

Edipo.- Así me lo han dicho, aunque yo no lo vi nunca.

Creonte.- Pues habiendo sido asesinado ese rey, el dios nos ordena castigar a sus matadores, sean quienes fuesen.

Edipo.- Pero ¿dónde están? ¿Dónde podemos encontrar la pista tan difícil de un crimen tan antiguo?

Creonte.- El dios asegura que los asesinos están en el país. Lo que se busca se encuentra; lo que se descuida se pierde.

Edipo (Reflexionando un instante.).- ¿Fue en su palacio, en nuestros campos o en tierra extranjera donde tuvo efecto el crimen que costó la vida a Layo?

Creonte.- Salió del país, según se dijo, para ir a consultar al oráculo y no volvió al seno de su hogar desde que de él partió.

Edipo.- ¿Y no envió ningún mensajero ni ningún compañero de viaje, nada que pudiera ser útil para nuestra información?

Creonte.- Todos murieron excepto uno solo a quien el miedo hizo huir. De todo lo que vio, no pudo decir más que una sola cosa segura.

Edipo.- ¿Cuál? Un solo dato podría ser una gran ayuda para descubrir muchos otros. Un leve principio es ya base para la esperanza.

Creonte.- Lo que declaró el testigo fue que, sorprendido Layo por unos bandidos, fue asesinado, no por la fuerza de un único brazo, sino con la de gran número de manos.

(Pausa.)

Edipo.- ¿Cómo, pues, un bandido pudiera haber urdido su crimen y llegado a tal colmo de audacia si el dinero no le hubiese incitado desde aquí mismo?

Creonte.- Esta sospecha tuvimos; pero nuestros males eran tales que la muerte de Layo no tuvo vengador.

Edipo.- ¿Y cuál fue el mal más urgente que después de la muerte del rey os ha impedido enteraros de lo que pasó?

Creonte.- La Esfinge, con sus capciosos enigmas, nos hizo descuidar los hechos inciertos para no pensar más que en los males presentes.

Edipo.- Pues bien, yo los pondré en claro remontándome a sus orígenes. ¡Alabado sea Febo[9] y tú también, Creonte, por haber puesto de nuevo nuestra atención en ese muerto! Y me veréis secundaros en vuestros esfuerzos para vengar, como es mi deber, a la vez a esta ciudad y al dios. Pues al tratar de disipar las tinieblas que envuelven ese crimen, no lo hago por un amigo lejano sino que persigo mi propio bien. Que quienquiera que fuera el asesino de Layo, quizás un día podría poner su mano sobre mí mismo. Así pues, todo lo que haga en bien de Layo lo hago en favor de mi propia causa. Vamos, hijos míos, levantaos sin tardanza de esas gradas y haced desaparecer esas ramas de suplicantes, y que uno de vosotros convoque al pueblo tebano, ya que para salvarlo estoy dispuesto a todo. Con la ayuda del dios, o saldremos airosos a la vista de todos, o todo el pueblo comprobará nuestro fracaso.

Sacerdote.- Levantémonos, hijos, ya que el rey promete hacer lo que hemos venido a suplicarle. ¡Ojalá que Apolo, el dios que nos ha enviado este oráculo, venga a salvarnos por fin y ponga término a esta peste!

(Edipo, Creonte, el Sacerdote y el pueblo se retiran. El Coro, compuesto de quince ancianos tebanos, entra en escena.)

PÁRODOS

ESTROFA 1

Coro.- ¡Oh, qué grata palabra de Zeus traes del riquísimo Delfos a la ilustre Tebas! La mente está contraída por la angustia, paralizada por el miedo. Heme aquí delante de ti, dios Delos[10] y divino curandero, temiendo la suerte que me reservas sea para hoy, sea para los años venideros. ¡Respóndeme, hijo de la dorada Esperanza[11], oráculo inmortal!

[9] Otro nombre con el que se conoce a Apolo.
[10] Se refiere a Apolo, que nació en la isla de Delos.
[11] Obsérvese la personificación de la Esperanza, por ser el sentimiento que lleva a los hombres a consultar los oráculos.

ANTÍSTROFA 1

Es a ti, hija de Zeus, inmortal Atenea, a quien quiero invocar la primera; después a tu hermana Artemisa[12], protectora de esta tierra, quien sobre un trono de gloria se sienta en medio del Ágora circular, y por fin a ti, Apolo, que mandas a lo lejos tus dardos[13]. Apareceos los tres a mis ojos para conjurar esa suerte infortunada. ¡Si ya en otro tiempo, cuando la anterior desgracia se cernía sobre la ciudad, extinguisteis la llama de ese primer azote, venid también a socorrernos!

ESTROFA 2

¡Ay de mí, que soporto aflicciones innumerables! ¡El pueblo entero sufre conmigo de un mal pestilente! La mente no puede inventar ningún arma que pueda preservarnos; los frutos que nacen de nuestra fecunda y afamada tierra no llegan a su madurez; ni los acerbos sufrimientos de nuestras mujeres en sus partos son provechosos. Uno tras otro, como bandada de pájaros de rápidas alas, y más velozmente que la llama invencible, se van mis hijos a precipitarse en la ribera crepuscular del dios infernal.

ANTÍSTROFA 2

Y así va despoblándose una ciudad numerosa, y sin piedad los cadáveres quedan tendidos en tierra sin ser llorados, sembrando y propagando el contagio. Las esposas, las madres de blancos cabellos, gimen, imploran, al pie de las gradas de los altares, que por todas partes rodean, pidiendo llorosas el fin de sus amargas pruebas. Por doquier se oyen himnos plañideros mezclados con ayes de dolor. Por tanto, hija dorada de Zeus, vuelve a nosotros tu sonriente faz y envíanos saludable remedio.

---

[12] Hermana gemela de Apolo, diosa de la caza y de los bosques.
[13] Apolo fue imaginado como un bellísimo joven, armado con arco y flechas y con una diadema formada de rayos, o bien con una lira y ceñido de laurel.

ESTROFA 3

Concédenos que ese brutal Ares[14], ese dios que hoy viene a atacarnos sin el bronce de los escudos y nos abrasa, vuelva la espalda y huya de nuestro hogar, y que en carrera desenfrenada retroceda, ya hacia los profundos senos de la vasta Anfitrite[15], ya hacia las olas revueltas e inhospitalarias del mar de Tracia; pues lo que la noche perdona, el día siguiente viene a destruirlo. A ese Ares, Zeus, nuestro padre, ¡oh tú, dueño del poder llameante de los relámpagos!, aplástalo bajo el retumbar de tus truenos.

ANTÍSTROFA 3

Y de ti, señor de Licia, yo quisiera que tus invencibles flechas fuesen lanzadas por tu arco de oro en defensa nuestra, así como las ardientes antorchas de Artemisa, con las que recorre los montes de Licia, viniesen en nuestra ayuda. Yo te invoco también a ti, dios de la cítara de oro, a ti que llevas el nombre de este país, Baco[16], de rubicunda faz, ven, acompañado de tus Bacantes[17], en nuestro auxilio, con tu encendida tea, contra ese dios a quien nadie adora.

(Sale Edipo. Oye las palabras últimas del coro.)

PRIMER EPISODIO

Edipo (Dirigiéndose al Corifeo.).- Ruegas, y el socorro y la protección que solicitas para aliviar tus males podrás obtenerlo, si quieres escuchar mis palabras y proceder como es debido para

---

[14] A Ares se lo consideraba portador de todo tipo de desgracias. Véase nota 10, en *Antígona*.
[15] Diosa del mar. Por pudor, ante los deseos amorosos de Poseidón, se escondió en las profundidades del océano.
[16] Otro de los nombres con los que se conoce a Dionisio.
[17] Véase nota 33, en *Antígona*.

poner remedio a esta pestilencia. He aquí, pues, lo que tengo que decir. Estando como estoy, ignorante de los hechos de aquella muerte y del modo como fue perpetrada, mal podría yo solo, en efecto, seguir una pista tan remota si no consigo tener algún indicio. Ahora bien, ya que yo soy un ciudadano más entre los ciudadanos, sólo a partir de aquel atentado, escuchad, cadmeos, lo que os ordeno: A cualquiera de vosotros que sepa por quién fue muerto Layo, hijo de Lábdaco, le mando que me declare toda la verdad. Incluso, si es culpable, que el temor no le impida acusarse a sí mismo; no sufrirá otra pena que ser expulsado de esta tierra, de la cual saldrá sano y salvo. Si alguno de vosotros, por otra parte, sabe que el asesino no es de este país sino que procede de un país extranjero, que no se lo calle, pues a mi gratitud se añadirá la recompensa que le daré. Pero si calla y, si algún tebano, temiendo denunciar a un amigo o a sí mismo, rehúsa darme las explicaciones que pido, que oiga desde ahora con qué actos pienso responder a su negativa: Prohíbo a todos los habitantes de esta tierra, sobre la que se extiende mi poder y mi trono, que reciba a ese hombre, sea quien sea; que le dirija la palabra, que le admita en las plegarias comunes y en los sacrificios, y que comparta con él el agua lustral[18]. Que, por el contrario, lo ahuyente de su casa como a un ser impuro, causante de la peste, según acaba de revelármelo el oráculo pítico. De este modo creo poder ser auxiliar de la divinidad y vengador del rey que ya no existe; y, así, que el criminal desconocido, bien que haya obrado solo, bien que haya tenido cómplices, se vea condenado a arrastrar una vida desgraciada de maldición y de miseria. Y deseo que esta maldición que acabo de lanzar contra los criminales, caiga sobre mi Casa si en ella yo, de buena fe y sin saberlo, lo hubiera introducido en mi hogar. Os ordeno, por tanto, que ejecutéis todas estas mis órdenes por respeto hacia mí, por reverencia al dios y también por miramiento a esta tierra, condenada a perecer ante nuestros ojos agotada por la esterilidad y arruinada por el abandono de

[18] Véase nota 50 en *Antígona*.

los dioses. Y aun cuando esta purificación no se os hubiera exigido por numen celeste, no podríais seguir permitiendo que este país continuase manchado por la muerte de un hombre que era una persona eminentemente honrada y vuestro rey; por eso era preciso haber buscado a los culpables. Hoy, pues, ya que tengo los poderes que Layo poseía antes que yo, ya que ocupo su lecho y su mujer es mi esposa, y nuestros hijos hubieran crecido juntos si no se hubiera frustrado su descendencia por el infortunio que vino a pesar sobre su cabeza; atendiendo a todas esas razones, como si él hubiese sido mi padre, me constituiré en vengador suyo y lo intentaré todo para hallar al asesino que mató con su mano al hijo de Lábdaco, nieto de Polidoro, bisnieto de Cadmo y tataranieto del antiguo Agenor, padre de todos. A los que no cumplieran cuanto acabo de mandar, yo les deseo, y porque así sea hago votos a los dioses, que la Tierra entera no produzca para ellos ninguna cosecha ni sus mujeres les den hijos; y que caigan bajo el destino que hoy nos azota, e incluso que encuentren una muerte más execrable. Para vosotros en cambio, cadmeos, que estáis de acuerdo con mis palabras, que la Justicia se convierta en vuestra aliada y que todos los dioses os sean para siempre constantemente propicios.

Corifeo.- Puesto que tus imprecaciones me obligan, he aquí, príncipe, cuáles serán mis palabras: Ni yo he matado, ni sé nada que me permita indicarte quién fue el asesino. Era a Febo, el dios que nos ha impuesto esa pesquisa, a quien correspondía indicarnos por quién fue entonces cometido el crimen.

Edipo.- Lo que dices es justo. Pero no cae bajo el poder de ningún hombre obligar a los dioses a proceder en aquello que no quieren.

Corifeo.- A lo que acabo de decir quisiera añadir una segunda opinión.

Edipo.- Y si aun tienes una tercera, no dejes de exponerla.

Corifeo.- Conozco a una persona, el adivino Tiresias, que es tan perspicaz como el dios Apolo. Interrogándolo se podría, ¡oh rey!, saber todo lo que pasó.

Edipo.- No he descuidado este recurso; he enviado, por consejo de Creonte, a dos mensajeros a buscarlo y hasta me extraña que no estén ya de regreso.

Corifeo.- Sin ninguna duda, todo lo demás que se cuenta por ahí no son más que vanos rumores y habladurías inconsistentes.

Edipo.- ¿Qué se cuenta, pues? Quiero conocer todo cuanto se dice.

Corifeo.- Cuentan que Layo murió a manos de unos caminantes.

Edipo.- Yo también lo he oído decir; pero nadie ha visto a un testigo ocular.

Corifeo.- El culpable, por poco accesible que sea al temor, no soportará, después de haberte oído proferir tales imprecaciones, guardar silencio.

Edipo.- Quien no teme obrar, no tiene miedo a las amenazas.

Corifeo.- Ya tenemos al que sabrá desenmascarar al culpable. Aquí, en efecto, tus mensajeros traen al augusto adivino, el único entre los hombres en quien reside la verdad.

(Entra el anciano Tiresias, ciego venerable,
guiado por un niño.)

PRIMER AGÓN

Edipo.- ¡Oh, Tiresias, cuya mente conoce todo, lo que se ha de divulgar y lo que se ha de callar, los signos del Cielo y los que ofrece la Tierra! Aunque seas ciego, ves sin embargo el azote que padece esta ciudad; sólo tú, maestro, puedes socorrerla y salvarla. Apolo, en efecto, si no te han informado mal nuestros mensajeros, contestó a nuestros enviados que el único medio de librarnos de la plaga que nos azota es descubrir al asesino de Layo y castigarlo con la muerte o con el destierro de este país. Tú, pues, Tiresias, sin ahorrarte los presagios que puedas obtener de tu ciencia augural, o poniendo a contribución cualquier otro medio adivinatorio, salva a la ciudad y sálvate a ti mismo; sálvame también a mí y líbranos de la mancha de ese homicidio. Nuestra esperanza está puesta en ti; y ser útil a los demás, en la medida de sus fuerzas y según sus medios, es para un hombre la más hermosa de sus empresas.

Tiresias.- ¡Ay! ¡Ay! ¡Cuán atroz es saber, cuando no trae provecho ni siquiera al que sabe! Convencido estaba de ello, pero lo había olvidado: no debería haber venido.

Edipo.- ¿Qué hay? Apenas has llegado y ya te veo desalentado.

Tiresias.- ¡Déjame volver a mi hogar! Será lo mejor si quieres creerme, para ti y para mí.

Edipo.- Tus palabras no son justas, ni veo en ellas sentimientos de benevolencia para esta ciudad que te ha criado, puesto que rehúsas darle la respuesta que te pide.

Tiresias.- Es que veo que tu petición no es oportuna para ti mismo. De modo que para no incurrir yo mismo en la misma falta...

(*Tiresias hace ademán de irse.*)

Edipo.- ¡Por los dioses! No te vayas, sabiendo lo que sabes; aquí nos tienes a todos suplicantes, prosternados ante ti.

Tiresias.- Es que todos sois unos insensatos. En cuanto a mí, no quisiera hacer públicas nunca mis desgracias o, más bien, las tuyas.

Edipo.- ¿Qué es lo que dices? ¿Sabes y quieres callar? ¿Piensas traicionarnos y dejar perecer la ciudad?

Tiresias.- No quiero afligir a nadie, ni a ti, ni a mí. ¿Por qué, pues, interrogarme en vano? No oirás nada de mis labios.

Edipo.- ¿Cómo? Perverso entre todos los perversos que hasta sublevarías a un alma de piedra, ¿no hablarás? ¿Permanecerás inflexible y hermético?

Tiresias.- ¡Me echas en cara mi obstinación y no te das cuenta de que es mayor la tuya, y me censuras y te enojas!

Edipo.- ¿Y quién no se sentiría irritado oyendo tus palabras que no son más que de desprecio hacia esta ciudad?

Tiresias.- Los hechos llegarán por sí mismos, aunque yo los oculte con mi silencio.

Edipo.- Entonces, tu obligación es descubrirme lo que debe acontecer.

Tiresias.- No diré más. Ahora, si quieres, entrégate, si es tu gusto, a la más salvaje cólera.

Edipo.- Pues bien, en mi cólera no callaré nada de lo que pienso. Has de saber que, a mi juicio, fuiste tú el instigador del crimen y el cómplice de su ejecución, aunque tus propias manos no lo perpetraran. Y añadiría, además, que si tus ojos viesen, hubieras sido tú solo el que habría cometido el crimen.

Tiresias.- ¿De verdad? Te advierto entonces que ateniéndote al edicto que has publicado, a partir de este día no dirigirás la palabra ni a éstos ni a mí, pues eres tú el culpable que mancillas esta tierra.

Edipo.- Muy imprudente tienes que ser para soltar esas palabras. ¿Y crees que así podrás escapar de sus consecuencias?

Tiresias.- Escaparé de ellas, pues en mí llevo la verdad todopoderosa.

Edipo.- ¿Quién te la ha dicho, puesto que esa verdad no depende de tu arte?

Tiresias.- ¿Quién? Tú mismo, ya que me has obligado a hablar contra mi voluntad.

Edipo.- ¿Qué has dicho? Repítelo, para que me entere mejor.

Tiresias.- ¿No lo has entendido todavía o quieres hacerme hablar?

Edipo.- No lo he entendido lo suficientemente bien para decir que estoy enterado. Vamos, dilo por segunda vez.

Tiresias.- Ese asesino que buscas, ese asesino, eres tú.

Edipo.- Dos veces no me ultrajarás impunemente.

Tiresias.- ¿Debo hablar más para aumentar tu furor?

Edipo.- Todo lo que quieras: todo lo que digas serán vanas palabras.

Tiresias.- Afirmo, pues, que vives, sin saberlo, en el más vergonzoso comercio con el mismo ser que te es más querido, y que ignoras la infamia en que vives.

Edipo.- ¿Crees que vas a seguir con tus ofensas sin recibir castigo?

Tiresias.- Sí, si la verdad tiene algún poder.

Edipo.- Ella lo tiene, salvo para ti; en tus labios es débil, ya que tus oídos, tu espíritu y tus ojos están ciegos.

Tiresias.- Me echas en cara, desgraciado, defectos que pronto todos podrán lanzarte al rostro.

Edipo.- Como vives en el seno de la noche tenebrosa, no eres peligroso ni para mí mismo ni para cualquier otro cuyos golpes vean la luz.

Tiresias.- Tu destino no es caer bajo mis golpes; Apolo bien lo sabe, pues es él quien está encargado de ello.

Edipo.- ¿Todos estos descubrimientos han sido tramados por ti o por Creonte?

Tiresias.- Creonte no es causa de ningún mal para ti; tu mal proviene únicamente de ti.

Edipo.- Riquezas, realeza, talento; qué envidia reserváis a los que os poseen ya que este poder que Tebas, sin que yo lo buscase, me otorgó voluntariamente, aspira a poseerlo el fiel Creonte, el amigo de los primeros días, utilizando medios rastreros, y arde en deseos de suplantarme sobornando a este adivino, a este pérfido impostor, a este artífice de embustes, que no ve claro más que en su propio interés y permanece ciego en el arte de predecir. Porque, vamos a ver, en fin, dime, ¿cuándo te has mostrado adivino clarividente? ¿Por qué, cuando la Esfinge proponía en este país unos versos enigmáticos, no dijiste una palabra para liberar de ella a los ciudadanos?

Y, sin embargo, no era trabajo para cualquiera, sino para un adivino, el explicar sus enigmas; en aquella ocasión no te mostraste ni inspirado por los dioses ni enterado por la ciencia augural. Y yo llegué entonces; yo, Edipo, el ignorante, y con la sola luz de mi espíritu y sin saber ciencia augural, conseguí reducir a la Esfinge al silencio. Y he aquí que ahora pretendes arrojarme del trono, con la esperanza de colocar en él a Creonte y sentarte junto a éste. No será sin lágrimas como llegaréis tú y tu cómplice a expiar vuestro intento de arrojarme de aquí como a un ser impuro. Y si no fuera porque pienso que eres un anciano, el castigo te hubiera ya dado a conocer el precio de tus afirmaciones.

Corifeo.- Como las tuyas, Edipo, las palabras del adivino me parecen haber sido dictadas por la cólera. No necesitamos tales discusiones; lo que nos hace falta es averiguar cómo daremos mejor cumplimiento a los oráculos del dios.

Tiresias (A Edipo, después de un silencio.).- Por muy rey que seas, Edipo, me corresponde responderte con igual título, de igual a igual, ya que yo también reino a mi modo. Yo no soy tu esclavo; Apolo es mi dueño y nunca figuraré en el número de los clientes de Creonte. Ya que me insultas con mi ceguera, he aquí lo que tengo que decirte: Tú, que tienes los ojos abiertos a la luz, no ves la desgracia que se cierne sobre ti ni ves en qué lugar habitas ni con quiénes convives. ¿Sabes de quién desciendes? Eres, sin saberlo, odioso a todos los tuyos, que están abajo en el Hades, y a los que están encima sobre la Tierra. La aterradora maldición de un padre y de una madre te acosa y te echará de este país; y tú, que hoy ves claramente la luz, pronto no verás más que tinieblas. Ningún lugar estará al abrigo de tus lamentos. ¿Qué puerto habrá, qué Citerón[19] a que te acojas? ¡Qué ayes de dolor han de repetir el eco, cuando adviertas tu boda, esa boda de males que es núcleo de tormentas que tú soñaste dichas! Y mayores infortunios aún, que harán iguales a ti a tus hijos. Después de esto, puedes cubrir de lodo a Creonte y a mis palabras. Nadie entre los hombres será tan duramente maltratado por el Destino como tú.

Edipo.- ¿Tendré, pues, que oír y soportar semejantes cosas de labios de este hombre? ¿No ves que corres a tu desgracia? Huye inmediatamente, retírate y abandona esta casa.

Tiresias.- Yo no hubiera venido por mí mismo si tú no me hubieses llamado.

Edipo.- Yo no sabía que emplearías un lenguaje tan insensato, pues, de haberlo sabido, no me hubiera apresurado tanto en mandarte llamar.

Tiresias.- Insensato puedo parecer a tus ojos, pero los padres

---

[19] Se refiere al monte Citerón, aunque lo hace con una sinécdoque (mención de lo general por lo particular), queriendo expresar todos los montes.

que te dieron el ser me hallaban razonable.

Edipo.- ¿Qué padres? ¡Quédate aquí! ¿De quién he nacido yo?

Tiresias.- El día de hoy te hará nacer y perecer.

Edipo.- ¡Cuán oscuras y enigmáticas son siempre tus palabras!

Tiresias.- ¿No eres tú hábil en resolver enigmas?

Edipo.- ¿Me echas en cara lo que hizo mi grandeza?

Tiresias.- Esta grandeza, sin embargo, es la que te ha perdido.

Edipo.- ¡Qué me importa, si por ella salvé la ciudad!

Tiresias- ¿Qué me queda ya sino retirarme? ¡Tú, niño, guíame!

Edipo.- Sí, que te lleve, pues tu presencia me atormenta; y tu apresurada ausencia ya no me importunará.

Tiresias.- Me iré, pero no sin antes haber dicho lo que me trajo aquí, sin temer tu mirada, pues no tienes poder para quitarme la vida. Así pues, te lo repito: el hombre a quien andas buscando con tus amenazas y tus proclamas, el asesino de Layo, ese hombre está aquí; pasa por un extranjero domiciliado en Tebas; pero pronto se verá que es tebano de nacimiento, y este descubrimiento no será para él motivo de alegría. Él ve ahora y se quedará ciego; es rico y mendigará su sustento; caminará por tierras extrañas tanteando su camino con un bastón. Se descubrirá que es, a la vez, padre y hermano de sus propios hijos, hijo y esposo de la madre que le dio el ser, y el asesino de un padre a cuya esposa fecundó. Y ahora, ve, entra en tu palacio y reflexiona sobre lo que acabas de oír. Si encuentras que he mentido, podrás decir entonces que no entiendo una palabra de adivinación.

(Sale Tiresias con el niño, Edipo entra en el palacio.)

ESTÁSIMOS

ESTROFA 1

Coro.- ¿Quién es aquel a quien la roca profética de Delfos designó como el autor que, con sus manos sangrientas, llevó a cabo el más indecible de los crímenes abominables? He aquí que para él ha llegado el momento de huir con pies más vigorosos que los de los caballos impetuosos del huracán; pues, armado con los fuegos del relámpago, el hijo de Zeus, Apolo, se lanza contra él, y las espantosas e infalibles Furias[20] lo van siguiendo.

ANTÍSTROFA 1

De lo alto del nevado Parnaso, salió la voz vibrante y poderosa que ordena que todos busquen las huellas del culpable desconocido. Él va errando a través de la selva agreste, cruzando cavernas y rocas, como un toro acorralado. Miserable, su carrera desgraciada lo aísla de los hombres, mientras busca cómo escapar de los oráculos que han surgido del centro de la Tierra; pero ellos, eternamente vivos, alados, revolotean en torno de él.

ESTROFA 2

Terribles, sí, terribles son las ideas que este sabio agorero ha despertado en el fondo de mí. Sin poder creerlo o desdecirlo, permanezco perplejo y no sé qué decir. Mi espíritu vaga en la incertidumbre, ya no ve nada seguro, ni en el presente ni en el pasado. ¿Qué disputa pudo surgir entre los Labdácidas[21] y el hijo de Pólibo[22]. Ni hoy ni entonces he sabido nada que pudiera

[20] Véase nota 37, en *Antígona.*
[21] Véase nota 23, en *Antígona.*
[22] Pólibo fue el Rey de Corinto, quien adoptó como hijo a Edipo, según se señaló en PUERTAS DE ACCESO.

84

Edipo Rey

ofrecerme un testimonio valedero para condenar a Edipo, atacar su popularidad y vengar en favor de los hijos de Lábdaco a un muerto, cuyos asesinos son todavía desconocidos.

ANTÍSTROFA 2

Ciertamente Zeus y Apolo son dioses clarividentes, que conocen las acciones de los mortales. Pero que, entre los hombres, pueda existir un adivino mejor informado que yo, eso no es verdad. Por la habilidad, sólo un hombre puede sobrepasar la habilidad de otro. Nunca, antes de ver justificado por los hechos lo que dice Tiresias, aprobaré a los que condenan a Edipo. Cuando la doncella alada[23] vino a la vista de todos a atacarlo a su vez, bien se vio entonces qué prueba dio de su habilidad y de su afecto a la ciudad de Tebas. Así que nunca mi corazón lo acusará de un crimen.

(Creonte, muy emocionado, entra súbitamente.)

SEGUNDO EPISODIO

Creonte.- Ciudadanos, informado de la acusación lanzada contra mí por Edipo, nuestro señor, vengo a vosotros, pues no puedo soportar esas palabras terribles. Si él sospecha que, en nuestras presentes desgracias, haya yo intentado con palabras o actos ir en contra de él, no quiero, cargado con esta acusación, que mi vida sea más larga. No es, en efecto, un pequeño perjuicio el que me acarrean esas palabras; es un daño inmenso, para mí el más grave de los daños, si esta ciudad me tuviera por traidor y si fuese para vosotros o vuestros amigos sospechoso de traición.

Corifeo.- Es posible que esa injuria esté más inspirada por un arrebato de cólera que por la reflexión.

Creonte.- ¿Sobre qué se funda Edipo para afirmar que fue ins-

---

23 Véase nota 13, en *Antígona*.

tigación mía el que el adivino profiriese esas palabras falsas?

Corifeo.- Esas palabras fueron pronunciadas; pero yo no sé con qué intención.

Creonte.- Pero ¿ha sido con mirada recta y pensamiento recto como fue lanzada esa acusación contra mí?

Corifeo- No lo sé. No juzgan mis ojos lo que hacen los amos. Pero está aquí él mismo, que sale de su palacio.

(Edipo entra bruscamente.)

SEGUNDO AGÓN

Edipo.- ¿Aquí, tú? ¿Cómo puedes presentarte? ¿Tienes la audacia y el descaro de venir a mi casa, tú que manifiestamente quieres ser mi asesino y el usurpador de mi poder? ¡Vamos, habla, en nombre de los dioses! ¿Has resuelto llevar hasta el final esos designios, o me has tomado por un cobarde, o quizá por un demente? Esos proyectos, esas astucias de serpiente, ¿suponías que las ignoraría, o que, una vez descubiertas, no me defendería contra ellas? ¿No es empresa de un loco buscar sin amigos, sin dinero, apoderarse del poder que sólo puede obtenerse mediante las riquezas y por la voluntad del pueblo?

Creonte.- ¿Sabes lo que tienes que hacer? Como yo te he escuchado, déjame responder de la misma forma a tus palabras, y juzga con toda libertad cuando te hayas informado.

Edipo.- Sabes hablar con habilidad; pero yo estoy poco dispuesto a oírte, pues he descubierto en ti a un enemigo peligroso.

Creonte.- Escucha primero lo que tengo que decirte.

Edipo.- ¿No me irás a decir que eres inocente?

Creonte.- Si crees que la obstinación sin prudencia es un bien, te equivocas.

Edipo.- Y si tú crees que se puede ultrajar a un pariente sin sufrir castigo, te engañas.

Creonte.- Tienes razón en este punto. Pero, dime, ¿qué grave perjuicio te he ocasionado? Dímelo.

Edipo.- ¿Fuiste tú, sí o no, quien me aconsejó que debía enviar a un mensajero en busca del augusto adivino?

Creonte.- Incluso ahora soy del mismo parecer.

Edipo.- ¿Cuánto tiempo ha transcurrido del hecho en que Layo...

Creonte- ¿Qué hecho? No adivino...

Edipo.- ...desapareció, muriendo a manos de un asesino?

Creonte.- Muchos años han pasado desde entonces.

Edipo.- Ese adivino, ¿ejercía su arte en aquellos tiempos?

Creonte.- Entonces era igualmente hábil e igualmente honrado.

Edipo.- ¿Hizo él entonces alguna mención de mí?

Creonte.- Nunca; o por lo menos en mi presencia.

Edipo.- ¿No hicisteis acerca de aquella muerte pesquisa alguna?

Creonte.- Ciertamente la hicimos, pero sin resultado.

Edipo.- ¿Por qué, pues, ese hábil adivino no dijo nada entonces de lo que dice hoy?

Creonte.- No sé nada, y prefiero callarme sobre lo que no sé.

Edipo.- Bastante sabes, y podrías hablar con todo conocimiento de causa.

Creonte.- ¿Hablar de qué? Si algo supiese, no me lo callaría.

Edipo.- Si no hubiera estado de acuerdo contigo, confiesa que jamás Tiresias habría afirmado que yo era responsable de la muerte de Layo.

Creonte.- Si tal ha afirmado, tú lo sabrás. En cuanto a mí se refiera, me creo con derecho a interrogarte tanto como tú lo has hecho conmigo.

Edipo.- Pregunta; no por eso me vas a convencer del homicidio.

Creonte.- Pues bien, ¿estás desposado con mi hermana?

Edipo.- Me es imposible responder que no a esta pregunta.

Creonte.- ¿No compartes con ella el trono, teniendo igual poder sobre un mismo país?

Edipo.- Ella consigue de mí todo lo que puede desear.

Creonte.- ¿No soy yo, como tercero, igual a vosotros dos?

Edipo.- Precisamente por eso te revelas como un pérfido amigo.

Creonte.- De ninguna manera, si reflexionas un poco conmigo. Ante todo, considera si puede haber alguien que prefiera reinar con temor e inquietud a dormir tranquilamente, disfrutando al mismo tiempo de un poder idéntico. Por mi parte deseo menos ser rey que disfrutar del poder de un rey, y a todos los hombres que saben poner freno a sus deseos les ocurrirá lo mismo. Hoy, sin tener que temer nada, obtengo todo lo que quiero de ti, mientras que si fuese rey, yo mismo actuaría a menudo en contra de mi voluntad. ¿Cómo, pues, la realeza sería más agradable para mí que una autoridad y un poder omnímodos que no me aportan ninguna inquietud? No soy, por otra parte, lo bastante cándido para desear otra cosa que los honores con todas sus ventajas. Hoy saludo a todo el mundo, hoy responden todos a mi saludo, y todos los que necesitan de ti acuden a mí, porque piensan que gracias a mí pueden obtenerlo todo. ¿Cómo, pues, podría repudiar lo que tengo, para apoderarme de lo que te pertenece? Una mente reflexiva no sabría ser inepta. No, no tengo ningún aliciente para esta resolución y, además, nunca soportaría que otro me ayudase para llegar a mis fines si el caso se diese. ¿Quieres una prueba de ello? Ve primero a Delfos y entérate por ti mismo si te he comunicado fielmente la respuesta del oráculo; y luego, si llegas a tener pruebas de que me he puesto de acuerdo con ese adivino, no me condenes a muerte por un solo voto; hazlo por dos, incluyendo también el mío. Deja, pues, de condenarme sin oírme y por vagas sospechas, pues no es justo creer a la ligera que los buenos obran mal y los malos, bien. Rechazar a un amigo leal equivale, a mi juicio, a sacrificar la propia vida, que es el bien más preciado. Con el tiempo reconocerás la verdad de lo que te digo, pues sólo el tiempo revela que un hombre es leal, mientras que un solo día basta para desenmascarar al traidor.

Corifeo.- Príncipe, para todo el que desea no dar un mal paso, Creonte ha hablado bien. Dar un fallo demasiado rápido expone a mil errores.

Edipo.- Cuanto con más presteza y cautela el enemigo se apresura a armar contra mí celadas, más rápido debo ser yo para atender a mi defensa. Si espero inactivo, los proyectos de este hombre se realizarán y los míos estarán condenados al fracaso.

Creonte.- ¿Qué quieres hacer? ¿Obligarme a abandonar el país?

Edipo.- No; quiero tu muerte, no tu destierro.

Creonte.- No antes, sin embargo, de que me hayas demostrado qué malquerencia abrigo contra ti.

Edipo.- ¿Hablas, pues, como si no quisieras ni doblegarte ni ceder?

Creonte.- No veo que juzgues con criterio sano.

Edipo.- Por lo menos juzgo en mi propio interés.

Creonte.- Tienes también que juzgar en el mío.

Edipo.- Pero tu naturaleza es la de un pérfido.

Creonte.- ¿Y si en contra de mí no puedes probar nada?

Edipo.- Hay, no obstante, que ceder ante quien manda.

Creonte.- No, si el que manda es injusto.

Edipo (Levantando los brazos.).- ¡Ciudad, ciudad de Tebas!

Creonte.- Y yo también soy de la ciudad; Tebas no es sólo tuya.

Corifeo.- ¡Cesad, príncipes! Muy a tiempo para vosotros veo a Yocasta que sale de su palacio. Hay que contar con ella en la presente contienda.

(Entra Yocasta.)

Yocasta.- ¿Por qué, desgraciados, habéis suscitado esta discusión irreflexiva? ¿No os sentís avergonzados de dar rienda suelta a rencillas privadas, cuando el país se ve tan cruelmente castigado? Entra en tu palacio, Edipo, y tú, Creonte, vuelve a tu casa. No convirtáis una cosa fútil en un gran dolor.

Creonte.- Hermana mía: Edipo, tu esposo, encuentra justo hacerme padecer una terrible suerte. Entre dos males, ser expulsado de la tierra paterna o ser condenado a muerte, me da a elegir.

Edipo.- Es verdad. Pero lo he sorprendido, mujer, tramando contra mi vida pérfida conjura.

Creonte.- ¡Que nunca jamás sea feliz, sino maldecido y perdido, si alguna vez en contra de ti he querido cometer una acción como ésta de que me acusas!

Yocasta.- En nombre de los dioses, Edipo, cree en sus palabras, por respeto, ante todo, al juramento divino, y por respeto luego a mí misma y a los que están junto a ti.

Corifeo.- Cede, príncipe, y déjate ablandar, te lo suplico.

Edipo.- ¿Sobre qué quieres, pues, que llegue a ceder?

Corifeo.- Ten en cuenta también que ya no es un niño, y acaba de hacer el gran juramento. Respétalo.

Edipo.- ¿Sabes bien lo que solicitas?

Corifeo.- Lo sé.

Edipo.- Pues bien, explica tu pensamiento.

Corifeo.- Guárdate de acusar sin motivo y de deshonrar a un amigo que está protegido por la fe debida al juramento.

Edipo.- Has de saber que pedirme esto es pedir mi pérdida o mi destierro de esta comarca.

Corifeo.- No, ¡por este Sol[24], primer dios de todos los dioses! ¡Que muera yo sin dios y sin amigos, en el más grave de todos los suplicios, si tengo tal pensamiento! Pero, en mi infortunio, la desgracia de este país me desgarraría aún más el alma si a los males que sufrimos se viniesen a añadir otros nuevos, procedentes de vuestras disensiones.

Edipo.- ¡Que se vaya, pues, aun cuando yo deba desaparecer para siempre o verme vergonzosamente obligado a abandonar este país! Son las palabras de tu boca las que me ablandan y hacen que me compadezca. Él, a cualquier sitio que vaya, no merecerá más que mi odio.

Creonte.- Bien claro se ve que tu odio cede sólo de mala gana. Pero cuando se te haya pasado la cólera, lo sentirás tú mismo. Caracteres como el tuyo difícilmente se soportan a sí mismos.

Edipo.- Déjame ya y márchate.

Creonte.- Me marcharé; pero aunque tú reniegues de mí, para éstos sigo siendo el mismo.

Corifeo.- Reina, ¿por qué tardas en llevarte a Edipo a su palacio?

Yocasta.- Me informaré primero de lo que ha ocurrido.

90   24 Se refiere a Apolo.

Corifeo.- Unas palabras han hecho nacer sospechas imprecisas; y toda sospecha, por injustificada que sea, se transforma en una picadura.

Yocasta.- ¿Y fueron recíprocas?

Corifeo.- Sí, ciertamente.

Yocasta.- ¿Qué se decían, pues?

Corifeo.- ¡Basta! Mucho sufre esta tierra como para que agreguemos más sufrimiento: deja eso en paz.

Edipo.- ¿Ves a dónde llegas? Tus intenciones son buenas y, sin embargo, descuidas mi causa y afliges mi corazón.

Corifeo.- Príncipe, te lo he dicho, y un sinnúmero de veces repetido; has de saber que me consideraría loco y desposeído de sentido común si me apartase un momento de ti, que, en los sufrimientos que atormentaban a mi patria bien amada, supiste enderezar su rumbo. Hoy otra vez, si puedes, sé nuestro guía afortunado.

TERCER AGÓN

Yocasta.- ¡En nombre de los dioses, príncipe, muéstrame la razón que hizo nacer en ti tal enojo!

Edipo.- Te lo voy a decir, esposa mía, pues siento por ti más respeto que por todos estos tebanos. Todo proviene de Creonte y de la conjura que ha tramado contra mí.

Yocasta.- Habla, y que vea yo si tus agravios justifican claramente vuestras disensiones.

Edipo.- Pretende que soy el asesino de Layo.

Yocasta.- ¿Lo sabía por sí mismo o por boca de otro?

Edipo.- Me envió un siniestro adivino, guardándose bien él de afirmar nada.

Yocasta.- No te atormentes por lo que me estás diciendo. Escúchame y te convencerás de que no hay ningún mortal que entienda una palabra de profecías. En pocas palabras te daré una prueba de ello. Hace tiempo, un oráculo, transmitido no diré que por el mismo Apolo sino a través de uno de sus servidores, pronosticaba a Layo que su destino era morir a manos de un hijo suyo que le nacería de mí. Pues a pesar de eso, a Layo lo mataron hace tiempo, por lo menos eso dice la opinión general, unos cándidos extranjeros, en el cruce de tres caminos. Y respecto de su hijo, cuando sólo hacía tres días que éste había nacido, Layo lo entregó con los pies bien atados por los tobillos, a manos mercenarias, para que lo arrojasen al fondo de una sima impenetrable de una montaña. Ahí tienes cómo ni Apolo ha cumplido sus oráculos ni el hijo de Layo mató a su padre. Y Layo no murió como él, con tanto horror, temía, a manos de su hijo. Así se cumplió lo que los oráculos habían predeterminado. De modo que no te inquietes más. Lo que un dios juzga útil que se sepa, lo revela fácilmente él mismo.

(Pausa.)

Edipo.- ¡Qué extraña turbación en mi alma y qué desconcierto en la mente se apodera de mí al escucharte, mujer!

Yocasta.- ¿Qué inquietud te angustia y te tortura para hablar así?

Edipo.- Creo haberte oído decir que a Layo lo mataron en el cruce de tres caminos.

Yocasta.- Eso se dijo entonces y se ha seguido repitiendo.

Edipo.- ¿Y en qué comarca ocurrió esa desgracia?

Yocasta.- En un país que se llama Fócida, y en el punto en donde se encuentran los dos caminos que vienen de Delfos y de Daulia.

Edipo.- Y... ¿cuánto tiempo hace de todo ello?

Yocasta.- La noticia se esparció por Tebas poco antes de la fecha en que viniste a ser rey de estas tierras.

Edipo.- ¡Oh Zeus! ¿Qué has resuelto hacer de mi persona?

Yocasta.- ¿Qué hay, Edipo? ¿Qué es lo que te alarma de ese modo?

Edipo.- No me lo preguntes aún. Hablemos de Layo; dime, ¿cómo era Layo?, ¿qué edad representaba?

Yocasta.- Era alto; sus cabellos empezaban a encanecer, y su cara se parecía bastante a la tuya.

Edipo.- ¡Ay de mí, desgraciado! Mucho me temo haber proferido sobre mí mismo y sin saberlo, horribles maldiciones.

Yocasta.- ¿Qué dices? ¡Me da miedo mirarte la cara, oh príncipe!

Edipo.- ¡Temblando estoy de miedo al pensar que el adivino haya visto claro! Pero me aclararás mejor el asunto si añades unas palabras.

Yocasta.- Yo también tiemblo. Mas contestaré a todo cuanto me preguntes, si lo sé.

Edipo.- ¿Viajaba Layo solo o bien escoltado, como un jefe, por un séquito numeroso?

Yocasta.- Eran cinco en total y entre ellos iba un heraldo y una sola carroza que ocupaba Layo.

Edipo.- ¡Ay! ¡Ay! ¡Todo se va aclarando! Pero ¿quién fue, mujer, el que os trajo estos detalles?

Yocasta.- Un servidor, el único que volvió sano y salvo.

Edipo.- ¿Vive todavía en palacio?

Yocasta.- No. Cuando volvió, y tan pronto como vio que estabas en el poder, después de muerto Layo, me suplicó, cogiéndome las manos, que lo enviase al campo y lo destinase al pastoreo de los rebaños, con el fin, dijo, de estar lo más lejos posible de la ciudad y fuera del alcance de su vista. Consentí en ello, pues, a pesar de ser esclavo, era merecedor, no de este favor, sino de otro más grande que el que imploraba.

Edipo.- ¿Podría venir aquí en seguida?

Yocasta.- Sin duda. Mas ¿por qué quieres que venga?

Edipo.- Temo, mujer, haber dicho demasiado sobre las razones que tengo para desear verlo.

Yocasta.- Vendrá, pues. Pero ¿no merezco saber yo también lo que puede, ¡oh rey!, inquietarte tan profundamente?

Edipo.- No pienso ocultártelo, puesto que, en trance tan angustioso, ésta es mi única esperanza. Y por otra parte, ¿a quién con más libertad que a ti podría confiarme?

(Pausa.)

Mi padre era Pólibo, de Corinto; Mérope, de Doria, mi madre. Pasaba yo allí por el ciudadano más considerado y feliz de todos, hasta que sobrevino un incidente que merecía que me produjera extrañeza, pero no que yo lo tomase tan a pecho como lo hice. En pleno festín, un comensal que había bebido con exceso, en la inconsciencia de su embriaguez, me insultó diciendo que yo era hijo adoptivo. Indignado, me contuve con dificultad aquel día. Al siguiente, me dirigí a mi madre y a mi padre para que me informasen. Se indignaron contra el que me había inferido aquel ultraje. Su indignación me consoló un poco. Mas el insulto se había clavado en mi alma y me atormentaba. Sin saberlo mis padres, me marché a Delfos. Febo no respondió a las interrogaciones que yo le había dirigido y me despidió, no sin antes haberme anunciado otras desgracias terribles y lamentables. Dijo que yo estaba destinado a ser el marido de mi madre, de la que tendría descendencia odiosa a los ojos de los humanos, y que sería el asesino del padre que me había engendrado. Yo, después de oídas tales predicciones, rigiéndome en adelante en mi camino por la marcha de los astros, volví la espalda al país de Corinto, buscando un lugar en donde nunca viera el cumplimiento de las vergonzosas atrocidades que me habían pronosticado aquellos siniestros oráculos. Andando, andando, llegué al lugar en donde dices que Layo encontró la muerte. Y ahora, mujer, te voy a decir toda la verdad. Prosiguiendo mi ruta, llegaba yo cerca del cruce de los caminos cuando pasó un heraldo y seguidamente, ocupando una carroza arrastrada por briosos caballos, un hombre tal cual me lo has descrito. Entonces el cochero y el anciano trataron de apartarme brutalmente del camino. Encendido en cólera, golpeé al cochero que me había atropellado; el anciano, al llegar el momento de pasar yo junto al coche me propinó desde arriba un golpe en la cabeza con su doble aguijón. No tardó en pagarlo caro. En el mismo instante, a un golpe del bastón que armaba esta mano, cayó hacia atrás y rodó a tierra desde el centro de su carroza. En cuanto a los demás, los maté a todos.

(Un silencio)

De modo que si aquel extranjero tiene alguna afinidad con el rey Layo, ¿puede haber hombre más desgraciado que yo, mortal más odiado por los dioses? Ningún extranjero, ningún ciudadano puede recibirme en el seno de su hogar, ninguno puede dirigirme la palabra, y todos deben apartarme lejos de ellos. ¡Y todo esto en virtud de las mismas maldiciones que no otro sino yo mismo he pronunciado contra mí! Al tener en mis brazos esta esposa del muerto, la mancho, puesto que estos brazos lo han matado. ¿He nacido, pues, maldito?, ¿no estoy enteramente cubierto de impureza? Sí, tengo que huir y que en este destierro no me sea permitido ya ver a mis padres, ni hollar el suelo de mi patria sin correr el riesgo de unirme a mi madre en matrimonio, de matar a mi padre Pólibo que me engendró y que me crió. ¿No tendría razón quien pensara que estas desgracias provienen de un genio cruel que se ha ensañado conmigo? ¡No; no, santa majestad de los dioses! ¡Que jamás vea yo llegar tal día, que desaparezca de entre los mortales antes que ver impresa en mí la mancha de esas vergonzosas calamidades!

Corifeo.- Nosotros también, príncipe, estamos anonadados por el miedo a todas esas calamidades; pero hasta tanto que el que fue testigo no te lo haya aclarado todo, ten esperanza.

Edipo.- En verdad, toda mi esperanza está en esperar a ese hombre, ese pastor, ese único testigo.

Yocasta.- ¿Por qué crees que su llegada puede tranquilizarte?

Edipo.- Te lo diré. Si afirma las mismas cosas que tú, nada tengo que temer.

Yocasta.- Y ¿qué afirmación de tal importancia me has oído decir?

Edipo.- Ese pastor, me has dicho, sostiene que fueron unos bandidos los que mataron a Layo. Si persiste en decir lo mismo, no soy yo el asesino, pues un solo hombre no cuenta por varios. Pero si afirma que el asesino viajero era uno solo, resulta entonces claro que aquel hecho no puede recaer sino sobre mí.

Yocasta.- Estáte, pues, tranquilo ya que así habló ese testigo y no puede ya desdecirse de lo que dijo. No he sido la única que lo ha oído, la ciudad entera ha escuchado lo mismo que yo. Y aun en el caso de que se apartase de su primer relato, jamás, príncipe, podrá demostrar que Layo fue muerto según los pronósticos, ya que Loxias[25] había declarado que Layo moriría a manos de mi hijo; y aquel hijo, desgraciado, no pudo matar a su padre puesto que había muerto mucho antes. Así que, desde ahora, nada me importan los oráculos, y no atenderé ni los primeros ni los últimos.

Edipo.- Tienes razón. A pesar de todo, envía a buscar a ese esclavo. Y que no tarde.

Yocasta.- Voy a enviártelo en seguida. Pero entremos en palacio. Nunca haré nada que no sea de tu gusto.

(Edipo y Yocasta entran en el palacio.)

ESTÁSIMOS

ESTROFA 1

Coro.- ¡Ojalá los dioses hagan que mi destino, tanto en mis propósitos como en todos mis actos, sea guardar la augusta pureza, cuyas sublimes leyes han sido decretadas allá arriba, en los celestes espacios del éter en donde han nacido! Sólo el Olimpo es su padre; la naturaleza caduca de los humanos no las ha producido, y jamás el olvido las dejará dormir, pues es un dios poderoso quien las anima, un dios que no envejecerá.

ANTÍSTROFA 1

El orgullo engendra al tirano; el orgullo, cuando ha acumulado vanamente imprudencias y excesos, ni convenientes ni útiles, luego de haber trepado hasta una abrupta cima, precipita al hombre a un abismo de desgracias de donde para salir, su pie no le sirve de ninguna ayuda.

[25] Sobrenombre de Apolo.

ESTROFA 2

Yo suplico a la Divinidad que este tan noble pugilato para salvar la ciudad no se malogre: para ello no cejaré de implorar la protección divina. Pero si uno de entre nosotros, en sus acciones como en sus propósitos, se deja llevar de los dioses, que se adueñe de su persona un destino desgraciado en castigo de su culpable insolencia, y lo mismo al que se enriquece con ilegítimas ganancias, o comete actos sacrílegos, o profana en su desvarío las cosas santas. ¿Quién podría entonces alejar de su alma los dardos del remordimiento? Pues si tales crímenes fuesen honrosos, ¿de qué me serviría celebrar a los dioses con mis coros?

ANTÍSTROFA 2

No, jamás iré ya a ese centro sagrado del mundo[26] a adorar a los dioses, ni al templo de Abas, ni a Olimpia, si esas predicciones no se cumplen a la vista de todos los mortales. Zeus, dios todopoderoso, si mereces este título, tú a quien nada escapa y reinas como soberano señor, no permitas que algo se escape ni a tu mirada ni a tu eterno imperio: hoy se ven marchitos y menospreciados los antiguos oráculos dados a Layo; en ninguna parte Apolo recibe ya honores brillantes, y el culto de los dioses se va desvaneciendo.

(Entran Yocasta y sus doncellas trayendo consigo guirnaldas de laureles y otras orfendas.)

TERCER EPISODIO

Yocasta.- Príncipes de este país: he resuelto salir a visitar los santuarios de los dioses con estas coronas y estos perfumes que

---

[26] Se refiere a Delfos.

en mis manos traigo, pues Edipo deja que aniden en su corazón mil torbellinos de inquietud exagerada y, en vez de juzgar, como hombre sensato, de los oráculos presentes por el fracaso de los pasados, se abandona a quienquiera que sea que le hable con tal que le digan cosas que aviven sus sospechas pavorosas; y como mis consejos no tienen poder alguno sobre él, vengo a ti, nuestro más próximo dios, Apolo Licio, como suplicante, con estos dones y anhelos para obtener por tu intercesión que se nos libre de todas nuestras manchas. Todos, en efecto, como marineros que ven alocado al piloto de su navío en peligro, temblamos hoy, viendo a Edipo aterrorizado.

(Mientras Yocasta va dejando sus ofrendas,
entra un mensajero.)

Mensajero.- ¿Podría yo, extranjero, saber por vosotros en dónde se alza el palacio de Edipo, vuestro rey? Y decidme, sobre todo, si lo sabéis, ¿en dónde se encuentra él mismo?

Corifeo.- Estás viendo su palacio, y el rey, extranjero, está adentro. He aquí a su esposa, madre de sus hijos.

Mensajero.- ¡Que sea dichosa y viva siempre con gentes felices, ella que es para el rey una esposa fiel!

Yocasta.- ¡Que para ti sea lo mismo, extranjero, pues lo mereces por tus gentiles palabras! Pero, dinos, ¿qué necesidad te trae aquí y qué noticias vienes a anunciarnos?

Mensajero.- Para tu Casa, como para tu esposo son, ¡oh mujer!, noticias favorables.

Yocasta.- ¿Y cuáles son esas noticias? ¿De dónde vienes?

Mensajero.- De Corinto. Las noticias que traigo seguramente te producirán alegría. ¿Cómo podría ser de otra manera? Pero quizá también te aflijan.

Yocasta.- ¿Qué noticias? ¿Qué doble efecto pueden tener?

Mensajero.- Los habitantes del país del Istmo quieren, según se dice por allí, proclamar como rey a Edipo.

Yocasta.- ¿Cómo? ¿Es que el anciano rey Pólibo no está ya en el poder?

Mensajero.- Pues no, ya que la muerte lo encierra en la tumba.

Yocasta.- ¿Qué dices? ¿De modo que Pólibo ha muerto?

Mensajero.- Que muera yo mismo si lo que digo no es verdad.

Yocasta (A una doncella.).- Mujer, date toda la prisa que puedas para ir a anunciar a tu señor esta noticia. ¡Oh predicciones de los dioses! ¿Qué queda de vosotras? Por miedo de matar a Pólibo, Edipo se exilió y he aquí que ahora ha sido el Destino, y no la mano de Edipo, quien le ha dado muerte.

(Entra Edipo.)

CUARTO AGÓN

Edipo.- Mi muy amada esposa Yocasta, ¿por qué me habéis hecho salir de palacio?

Yocasta.- Oye a este hombre; escúchalo, y mira a lo que han venido a parar los oráculos venerables de los dioses.

Edipo.- Este hombre ¿quién es, y qué viene a decirme?

Yocasta.- Viene de Corinto para anunciarte que Pólibo, tu padre, no existe ya: ha muerto.

Edipo (Al mensajero.).- ¿Qué dices, extranjero? Relátame tú mismo tu mensaje.

Mensajero.- Si ante todo hay que anunciar claramente la noticia, has de saber que Pólibo se ha ido: ha muerto.

Edipo.- ¿Fue en una celada o a consecuencia de alguna enfermedad?

Mensajero.- El menor contratiempo abate a un hombre de edad.

Edipo.- ¡El desgraciado ha sucumbido víctima de alguna enfermedad!

Mensajero.- Y por la edad larga que sobre él pesaba.

Edipo.- ¡Ay! ¡Ay! ¿Por qué, pues, ¡oh mujer!, prestar tanta atención a la profetisa de Delfos o al vuelo de las aves y sus graznidos? Según aquellas predicciones, yo debía matar a mi padre. Y he aquí que ha muerto y yace bajo tierra y yo estoy aquí, y jamás puse mano sobre el pomo de la espada ¡A menos que haya muerto por la pesadumbre que le produjera mi ausencia! En ese caso, sí que podría haber sido yo la causa de su muerte. ¡Pero no! Ya Pólibo yace durmiendo en el Hades y ha enterrado con él todos esos oráculos, lo que prueba que no merecían crédito.

Yocasta.- ¿No te lo había dicho yo hace tiempo?

Edipo.- Así me lo habías asegurado; pero yo vivía influido por ese temor.

Yocasta.- Que tu corazón no tema nunca ya a ningún oráculo.

(Pausa.)

Edipo.- Pero y lo del lecho de mi madre, ¿cómo dejar de temerlo?

Yocasta.- ¿Para qué vivir en continua alarma, si la casualidad manda siempre como un soberano en el destino de los hombres y nada puede ser previsto con certeza? Lo mejor es vivir, en la medida de lo posible, al dictado de la Fortuna[27]. En cuanto a ti, no te asuste ese casamiento con tu madre, pues numerosos son los mortales que en sueños han compartido el lecho materno. Quien vive despreocupado de todos esos temores soporta la vida de un modo más cómodo.

Edipo.- Todo lo que estás diciendo estaría muy bien dicho si la que me engendró no se hallase aún con vida. Pero como vive, preciso es que, a pesar de tus justas palabras, sienta temores.

Yocasta.- La tumba de tu padre debe, sin embargo, ser un gran alivio para ti.

Edipo.- Lo es ciertamente. Pero tengo miedo por la que vive aún.

Mensajero.- ¿Cuál es, pues, la mujer que hasta tal extremo te asusta?

Edipo.- Mérope, anciano, la que vivía con Pólibo.

Mensajero.- Y, ¿qué es lo que respecto de ella te causa miedo?

Edipo.- Un oráculo, extranjero; un oráculo espantoso, que pro-

---

100   27 Véase nota 45 en *Antígona*.

nunciaron los dioses.

Mensajero.- ¿Puede saberse, o no está permitido que otro lo conozca?

Edipo.- Puede ser conocido. Loxias predijo un día que yo debía unirme a mi madre y derramar con mis manos la sangre de mi padre. He aquí por qué desde hace tiempo vivo lejos de Corinto. No me ha ido mal; pero, sin embargo, siempre es dulce estar en presencia de los padres.

Mensajero.- ¿De modo que por causa de todos esos temores te expatriaste de allí?

Edipo.- Porque no quería, anciano, llegar a ser el asesino de mi padre.

Mensajero.- Mas ¿por qué, príncipe, no te he librado de esos temores, yo que he llegado aquí lleno de buenos sentimientos hacia ti?

Edipo.- En verdad recibirás de mí una digna recompensa.

Mensajero.- Pues a fe que si he venido lo hice esperando que a tu retorno a Corinto pudiera obtener un buen beneficio.

Edipo.- Pero es que yo jamás volveré a vivir con los que me dieron el ser.

Mensajero.- Hijo mío, bien se ve que no te das cuenta de lo que estás diciendo...

Edipo.- ¿Cómo es eso, anciano? En nombre de los dioses, infórmame.

Mensajero.- Si ésas son las razones que te impiden volver a tu país...

Edipo.- Por temor de que Apolo hubiera pronunciado sobre mí un verídico oráculo.

Mensajero.- ¿Temes mancillarte con un sacrilegio cometido contra tus padres?

Edipo.- Eso es precisamente, anciano, el eterno motivo de mi terror.

Mensajero.- ¿No sabes, pues, que esas alarmas son injustificadas?

Edipo.- ¿Cómo injustificadas? ¿No soy el hijo nacido de esos dos padres?

101

Mensajero.- Nada tuyo era Pólibo en cuanto al linaje.

Edipo.- ¿Qué dices? ¿Pólibo no me engendró?

Mensajero.- Ni más ni menos que pudiera haberlo hecho yo.

Edipo.- ¿Y cómo un padre puede ser para mí igual que un extraño?

Mensajero.- No fuiste engendrado ni por él ni por mí.

Edipo.- Mas, ¿por qué entonces me llamaba su hijo?

Mensajero.- Has de saber que fuiste un don que en otro tiempo recibió de mis manos.

Edipo.- ¿Y a pesar de haberme recibido de un extraño, me amaba tanto?

Mensajero.- Llegó a ello porque hasta entonces no había tenido hijos.

Edipo.- ¿Y me habías comprado o me habías hallado cuando me entregaste a él?

Mensajero.- Te había hallado en las cañadas arboladas del Citerón.

Edipo.- Y ¿por qué motivos recorrías aquellos lugares?

Mensajero.- Guardaba en la montaña rebaños trashumantes.

Edipo.- ¿Eras, pues, pastor errante y mercenario?

Mensajero.- ¡Y fui tu salvador en aquellos tiempos, hijo mío!

Edipo.- ¿De qué mal padecía yo, cuando me encontraste de ese modo en la desgracia?

Mensajero.- Tus tobillos pueden atestiguártelo.

Edipo.- ¡Ah! ¿Por qué evocas esa antigua tortura?

Mensajero.- Yo te desaté: tenías los extremos de los pies bien sujetos.

Edipo.- Terrible injuria me causaron los pañales.

Mensajero.- El nombre que llevas te viene de esa desgracia[28].

Edipo.- Por los dioses dime ¿me fue infligido eso por mi padre o por mi madre?

Mensajero.- No lo sé. Aquel de quien te recibí estará de ello mejor informado que yo.

Edipo.- ¿Me recibiste, pues, de una mano extraña, y por tanto

[28] En efecto, Edipo significa "el de los pies hinchados".

no me hallaste tú mismo?

Mensajero.- No; fue de otro pastor de quien te recibí.

Edipo.- ¿Quién era ese pastor? ¿Podrías decírmelo?

Mensajero.- Se decía que era uno de los que servían en casa de Layo.

Edipo.- ¿En casa del que era en otro tiempo rey de esta tierra?

Mensajero.- Sí, era pastor de la casa de ese hombre.

Edipo.- ¿Vive aún? ¿Puedo verlo?

Mensajero (Dirigiéndose a los del coro.).- Vosotros que habitáis en el país, podréis saberlo mejor que nadie.

Edipo.- ¿Hay alguien entre vosotros que me rodeáis, que conozca al pastor de quien habla, por haberlo visto aquí mismo o en los campos? Decídmelo, pues es ocasión de aclarar este misterio.

Corifeo.- Ese hombre, no es otro, a mi juicio, que el que antes querías descubrir. Pero, mejor que nadie, Yocasta podría decírtelo.

Edipo.- Mujer, ¿crees tú que el hombre cuya llegada deseábamos hace un rato pueda ser el mismo de quien habla este anciano?

Yocasta.- ¿De quién hablas? No te inquietes y procura olvidar tan vanas palabras.

Edipo.- No, no admitiré jamás, después de haber recogido tantos indicios, que no pueda descubrir mi nacimiento.

Yocasta.- ¡En nombre de los dioses, si te preocupas en algo por tu vida, abandona esas investigaciones! *(Aparte.)* Bastante tengo yo con mi desgracia.

Edipo.- Permanece tranquila. Aunque descendiese yo de una triple generación de esclavos, tú no resultarías por ello humillada.

Yocasta.- Sin embargo, créeme, te lo suplico: no hagas nada por saber más.

Edipo.- Imposible obedecerte y dejar de querer aclarar este misterio.

Yocasta.- Sin embargo, te lo digo por tu bien y te doy el mejor consejo.

Edipo.- Estos mejores consejos, desde hace tiempo me molestan.

Yocasta.– ¡Oh, desgraciado! ¡Ojalá jamás puedas saber quién eres!

Edipo (Al Coro.).- Que alguno de vosotros vaya y traiga ante mí al pastor. En cuanto a ella, dejadla que se enorgullezca de su opulento nacimiento.

Yocasta.- ¡Ay, desgraciado! ¡Es el único nombre que, desde ahora, podré darte por última vez y para siempre!

(Yocasta entra en el palacio violentamente.)

Corifeo.- ¿Por qué, Edipo, se ha ido esa mujer presa de violenta desesperación? Temo que de este silencio surjan nuevas desgracias.

Edipo.- ¡Estallen las que quieran! En cuanto a mí, persisto en querer saber mi origen, por humilde que sea. Ella, naturalmente orgullosa como toda mujer, se avergüenza, sin duda, de mi bajo nacimiento. Pero yo me considero como hijo de la Fortuna, que me ha colmado de bienes, y nunca me sentiré deshonrado. Sí, la Fortuna es mi madre, y los meses que han contado mis días, tan pronto me han rebajado como me han exaltado. Y siendo tal mi origen, y nacido bajo este signo, no puedo cambiarlo. ¿Por qué voy a renunciar a descubrir mi nacimiento?

ESTÁSIMOS

ESTROFA 1

Coro.- Si soy adivino, y tengo el ingenio hábil, juro por el Olimpo inmenso, ¡oh Citerón!, que no llegará el plenilunio sin que puedas ver cómo te ensalzo y celebro como a compatriota, criador y padre de Edipo, y cómo te festejaré sin cesar con mis danzas, por los beneficios que dispensaste a nuestro rey. ¡Glorioso protector, Apolo, séante gratas mis súplicas!

104

ANTÍSTROFA 1

¿Cuál es, ¡oh hijo mío!, de las vírgenes inmortales, cuál es la que te dio el ser? ¿Será alguna que, vagando por los campos, fue fecundada por Pan[29]? ¿Será alguna Ninfa amada de Apolo, ya que a este dios le son gratas todas las altiplanicies agrestes? Puede que también fuera Hermes[30], que reina en el monte de Cilene. ¿O el dios Baco, que habita en las altas montañas, te obtuvo, traicionero, de mano de una ninfa del Helicón, él que en las montañas juega con las ninfas?

(Se ve acercarse, entre dos servidores de Edipo, al viejo pastor de Layo.)

CUARTO EPISODIO

Edipo.- Si es menester, ancianos, que yo haga alguna suposición sobre un hombre que jamás he visto, creo que estoy viendo al pastor que buscábamos desde hace tiempo. Su mucha edad concuerda con la de este mensajero. Reconozco, desde luego, la gente que lo conduce; son mis servidores. *(Al Corifeo.)* Pero tú, que has visto a este pastor antes, lo reconocerás sin duda mejor que yo.

Corifeo.- Sí, lo reconozco francamente. Es uno de los pastores de Layo, un servidor fiel como pocos.

Edipo (al mensajero).- Es a ti primero, extranjero de Corinto, a quien interrogo. ¿Es éste el hombre a quien te referías?

Mensajero.- Es él; lo tienes ante tus ojos.

Edipo (al pastor).- Tú, anciano, mírame y responde a todas mis preguntas. ¿Pertenecías en otro tiempo a Layo?

Pastor.- Era su esclavo; no por fruto de una compra, sino por haberme criado en el seno de su hogar.

Edipo.- ¿A qué te dedicabas? ¿Cuál era tu ocupación?

---

[29] Dios de los pastores y el ganado.
[30] Dios que preside la escritura y la astronomía.

Pastor.- Casi toda mi vida la he pasado en pos de los rebaños.

Edipo.- ¿Qué comarcas frecuentabas ordinariamente?

Pastor.- Tan pronto era el Citerón, tan pronto las regiones vecinas.

Edipo .- ¿A este hombre lo conoces?, ¿lo has encontrado allá arriba alguna vez, en alguna parte?

Pastor.- ¿Haciendo qué? ¿De quién hablas?

Edipo.- Del hombre que está junto a ti. ¿Trataste alguna vez con él?

Pastor.- No puedo responder en seguida; ya no me acuerdo.

Mensajero.- En esto, señor, no hay nada de particular. Pero yo le haré recordar claramente lo olvidado. Estoy seguro de que me ha visto cuando, sobre el Citerón, él con dos rebaños, y yo con uno solo, pasábamos, como vecinos, desde la primavera hasta que aparecía la estrella Arturo[31], tres trimestres enteros. Cuando llegaba el invierno, yo volvía a mis establos y él a los apriscos de Layo. *(Dirigiéndose al pastor)* ¿He dicho sí o no la verdad sobre lo que hacíamos?

Pastor.- Dices la verdad, pero de eso hace tanto tiempo...

Mensajero.- Ahora, vamos a ver si te acuerdas de haberme entregado un niño, para que lo criase como hijo mío.

Pastor.- ¿Qué quieres decir? ¿A qué viene esa pregunta?

Mensajero (mostrando a Edipo).- Pues aquí tienes al que era en aquel tiempo pequeñito.

Pastor.- ¡Qué los dioses te confundan! ¿No vas a callarte?

Edipo.- No te enfades con él, anciano. Son tus palabras, más bien que las suyas, las que merecerían ser castigadas.

Pastor.- ¿En qué he faltado, yo, señor, el mejor de los amos?

Edipo.- En no contestar a lo que él te pregunta acerca de ese niño.

Pastor.- Porque él habla sin saber y se toma un trabajo en vano.

Edipo.- Pues si tú, de buen grado, no quieres hablar, hablarás a la fuerza.

---

[31] Literalmente significa "el guardián de la Osa". Es la estrella fija de la constelación del Boyero. Aparece a mediados de setiembre con el otoño.

Pastor.- En nombre de los dioses, no me maltrates, que soy anciano.

Edipo.- Que se le aten al instante las manos detrás de la espalda.

Pastor.- ¡Qué desgraciado soy! Y, ¿por qué razón? ¿Qué quieres, pues, saber?

Edipo.- El niño ése de quien habla, ¿se lo entregaste tú?

Pastor.- Sí, ¡y ojalá hubiera yo muerto aquel día!

Edipo.- La muerte te llegará si no dices la verdad exacta.

Pastor.- Si la digo estoy perdido con mucha más seguridad.

Edipo.- Este hombre, a lo que veo, quiere escabullirse.

Pastor.- No, ya que te he dicho que se lo había entregado.

Edipo.- ¿De quién lo recibiste? ¿Era hijo tuyo, o bien de otro?

Pastor.- No era mío; era de otro de quien lo había recibido.

Edipo.- ¿De quién, de entre estos ciudadanos, y de qué hogar?

Pastor.- ¡No, por los dioses; no, señor, no lleves más allá tus investigaciones!

Edipo.- Estás perdido si tengo que repetirte la pregunta.

Pastor.- Pues bien, era un niño nacido en el palacio de Layo,

Edipo.- ¿Era un esclavo o un hijo de su raza?

Pastor.- ¡Ay!, ¡heme aquí ante una cosa horrible de decir!

Edipo.- Y para mí también horrible de oír. Pero, sin embargo, tengo que oírla.

Pastor.- Se decía que era hijo de Layo. Pero la que está en casa, tu mujer, te diría mejor que nadie cómo fue todo eso.

Edipo.- ¿Te lo dio ella?

Pastor.- Sí, rey.

Edipo.- ¿Para qué?

Pastor.- Para que lo hiciera desaparecer.

Edipo.- ¿Una madre? ¡Desgraciada!

Pastor.- Por miedo de horribles oráculos.

Edipo.- ¿Qué decían esos oráculos?

Pastor.- Que aquel niño debía matar a sus padres; así decían.

Edipo.- Pero tú, ¿por qué se lo entregaste a este anciano?

Pastor.- Por piedad, señor. Pensaba que se lo llevaría a otra comarca, a la isla donde él vivía. Mas él, por desgracia, le salvó

107

la vida. Si tú eres el que él dice, has de saber que eres el más infortunado de los hombres.

Edipo.- ¡Ay! ¡Ay! Todo se ha aclarado ahora. ¡Oh luz, pudiera yo verte por última vez en este instante! Nací de quien no debería haber nacido; he vivido con quienes no debería estar viviendo; maté a quien no debería haber matado.

(Edipo entra precipitadamente en el palacio. Los dos pastores se marchan cada uno por su lado.)

ESTÁSIMOS

ESTROFA 1

Coro.- ¡Ay, generación de mortales! ¡Cómo vuestra existencia es a mis ojos igual a la nada! ¿Qué hombre, qué hombre ha conocido otra felicidad que la que él se imagina, para volver a caer en el infortunio después de esta ilusión? Tomando tu destino como ejemplo, infortunado Edipo, no puedo mirar como dichosa la vida de ningún mortal.

ANTÍSTROFA 1

Su arco había lanzado la flecha más lejos que ninguno; había conquistado una felicidad, la más afortunada. ¡Oh Zeus!, ¡había hecho perecer ignominiosamente a la doncella de los dedos en garra, la de los cantos enigmáticos; se había erigido en nuestro país como una torre contra la muerte!

Desde entonces, Edipo, se te llamaba nuestro rey, habías recibido los más grandes honores, como amo y soberano de la poderosa Tebas.

ESTROFA 2

Y hoy, ¿quién es aquel cuya desgracia es más lamentable? ¿Quien vive en su hogar una vida más trastornada, más llena de aflicciones y atroces tormentos? ¡Oh, ilustre Edipo, el mismo puerto bastó para hacer encallar al padre y al hijo en el seno del mismo lecho! ¡Cómo los surcos fecundados por el padre pudieron, desgraciado, aguantarte tanto tiempo en silencio!

ANTÍSTROFA 2

Pero, bien a tu pesar, el tiempo, que lo ve todo, lo ha descubierto al fin, y he aquí que condena tu boda demasiado monstruosa, que te hizo hacer madre a la que lo fue tuya. ¡Ay!, ¡Ay!, hijo nacido de Layo, ¡pluguiera a los dioses que jamás te hubiese yo conocido! Pues desde el fondo de mi pecho grito y me lamento sobremanera, y mi boca no puede exhalar sino gritos de dolor. Decir lo justo debo: tú enalteciste mi cabeza y tú también la abates hasta el polvo. Ahora, mis ojos para la dicha cierras.

(Entra desolado un paje que llega de palacio.)

QUINTO EPISODIO

Paje.- Vosotros, que en esta tierra continuáis siendo siempre los más dignos de estima, ¡qué actos vais a saber, qué actos vais a contemplar, y qué lúgubre dolor vais a soportar si, como fieles a vuestra raza, guardáis aún el mismo afecto a la Casa de los Labdácidas! Pues nunca, a mi entender, ni el Istro ni el Fasis, con sus aguas, podrán lavar ni purificar[32] este palacio de la abominación que lo llena. Pero pronto van a salir a plena luz otras desgracias voluntarias y no impuestas. Ahora bien, de todos los sufrimientos, los más crueles son aquellos de los que nosotros

---

[32] Se refiere a la corriente del río como elemento purificador.

mismos somos autores.

Corifeo.- No nos hace falta añadir nada a lo que sabíamos para gemir profundamente. ¿Qué nos vas a anunciar ahora?

Paje.- Una cosa muy breve de decir y de saber. Yocasta, nuestra reina sagrada, Yocasta, ya no existe.

Corifeo.- ¡Oh, la muy infortunada! ¿Y cuál ha podido ser la causa de su muerte?

Paje.- Nada, sino ella misma. De todo lo que aconteció, lo más horrible te ha sido ahorrado, pues de ello tus ojos no han sido testigos. Sin embargo, vas a saber todo lo que ha sufrido la desgraciada, según lo que yo pueda recordar. Alocada, apenas pasó el vestíbulo, se precipitó en la cámara nupcial, mesándose, con ambas manos, los cabellos. Tan pronto como entró, cerró de golpe las puertas. Llamaba a Layo, muerto hace tiempo. Evocaba el recuerdo del hijo, que habían engendrado en funesto día, el hijo en cuyas manos Layo había de morir, dejando a esa madre añadir hijos, si tal nombre merecían, de su propio hijo. Gemía sobre el lecho en donde, doblemente miserable, había engendrado de su esposo un esposo, e hijos de su propio hijo. No sé cómo después se mató. Pues Edipo, gritando, llegó precipitadamente, y ya no pude ver la muerte de la reina. Nuestros ojos estaban fijos en el rey, que corría alocado, pidiéndonos una espada y que le indicásemos dónde se hallaba su mujer, que no era su mujer, sino el campo maternal doblemente fecundado del cual habían salido él mismo y también sus hijos. En ese momento, un dios, sin duda, secundó su furor y lo condujo hacia ella, pues nadie de los que estábamos allí presentes le facilitamos ninguna indicación. Entonces, dando un horrible grito, se lanzó, como si alguien lo hubiera guiado, contra la doble puerta, hizo saltar de sus goznes los herrajes labrados, y se precipitó en el interior de la habitación. Allí vimos a su mujer colgando, todavía sostenida por un cordón trenzado. En cuanto la vio, el desventurado Edipo, lanzando espantosos rugidos, deshizo el nudo que la mantenía en el aire y la desgraciada cayó al suelo. Entonces vimos cosas horribles: Edipo le arranca de los vestidos los broches de oro que los adornan, los coge y se los hunde en las órbitas de sus ojos, gritando que no serían ya testigos ni de sus desgracias ni de sus delitos: "En las sombras", decía, "no veréis ya los males que he sufrido ni los crímenes de que he sido culpable. En la noche para siempre, no veréis más a los que nunca deberíais haber visto, ni reconoceréis a los que ya no quiero reconocer". Lanzando tales imprecaciones, levantaba sus párpados y se los golpeaba con golpes repetidos. Sus pupilas sangrantes humedecían su barba. No eran gotas de sangre las que de ellos fluían unas tras otras; de ellos brotaba una lluvia sombría, una granizada sangrienta. Estos males han estallado por culpa del uno y de la otra, y el hombre y la mujer mezclaron sus desgracias. Antes gozaban, es verdad, de una larga herencia de segura felicidad; pero hoy no hay más que gemidos, maldiciones, muerte, ignominia; en una palabra, de todas las calamidades que llevan tal nombre, ni una sola falta.

Corifeo.- ¿Y ahora, el desgraciado, está más tranquilo, en medio de sus males?

Paje.- Grita que se abran las puertas, y que se muestre a todos los cadmeos al asesino de su padre, al hijo cuya madre..., pero no puedo repetir sus palabras impías. Dice que quiere huir de esta tierra y no permanecer nunca más en su hogar, cargado de las maldiciones que él mismo pronunció. Necesita, sin embargo, un guía y un apoyo, pues su dolor es demasiado grande para que pueda soportarlo. Él mismo te lo va a mostrar. He aquí que los cerrojos de las puertas se han corrido. Vas a ser testigo de un espectáculo que conmovería el corazón hasta del más cruel enemigo.

(Entra Edipo, guiado por un servidor; tiene los ojos reventados, y el rostro, cubierto de sangre)

Corifeo.- ¡Oh sufrimiento espantoso para ser contemplado! ¡El más atroz de cuantos hasta ahora he podido ser testigo! ¿Qué locura se abatió sobre ti, infortunado? ¿Qué dios vengador ha puesto el colmo a tu fatal destino, abrumándote con males que sobrepasan el dolor humano? ¡Ah! ¡Ah desgraciado! No puedo posar mi mirada en ti; yo que quería interrogarte largamente, hacerte hablar, mirarte de frente, no sé ante ti más que estremecerme de horror.

Edipo (a tientas).- ¡Ay!, ¡Ay!, ¡qué infortunado soy! ¿A qué rincón de la Tierra me iré así, desgraciado? ¿Dónde mi voz podrá llegar? ¡Ay! Destino mío, ¿dónde me has hundido?

Corifeo.- En una horrorosa desgracia, inaudita, espantable.

Edipo.- ¡Oh nube de tinieblas! ¡Nube aborrecida que ha caído sobre mí! ¡Nube indecible, indomable, empujada por el viento del desastre! ¡Desdichado de mí!, ¡desdichado mil veces! ¡Con qué dardos a la vez me traspasan el aguijón de mis heridas y el recuerdo de mis desgracias!

Corifeo.- Sufriendo lo que sufres, no es de extrañar que redoblen tus quejas y que tengas doble dolor al sobrellevarlas.

Edipo.- ¡Ay, amigo mío, tú eres el único compañero que me queda, puesto que consientes en ocuparte aún del ciego que soy ahora! ¡Ay! ¡ay! Sé que estás ahí, pues a pesar de estar sumido en las tinieblas reconozco tu voz.

Corifeo.- ¡Oh, qué acción la tuya! ¿Cómo has tenido valor para apagar así tus ojos, y qué divinidad ha podido forzarte a ello?

Edipo.- Apolo, amigos míos; sí, Apolo, él fue el instigador de los males y de los tormentos que padezco. Pero ninguna otra mano, ninguna otra, sino la mía, ha reventado mis ojos, ¡desdichado de mí! ¿Por qué tenía yo que ver, cuando de todo lo que podía ver nada podía ya ser agradable a mi vista?

Corifeo.- ¡Ay! Efectivamente sería como dices.

Edipo.- ¿Qué me queda por ver o querer? ¿De quién, ¡oh amigos míos!, si me dirijo a él, podría escuchar la palabra con alegría? Alejadme en seguida lejos de aquí. Alejad, amigos míos, esta plaga perniciosa, a este maldito a quien los dioses odian como jamás ningún mortal fue odiado.

Corifeo.- ¡Oh, tú, a quien hay que compadecer tanto por tus tormentos como por tus sentimientos! ¡Cómo hubiera querido no conocerte nunca!

Edipo.- ¿Por qué no pudo perecer aquel, quienquiera que fuese, que, errando por los montes, desligó mis pies de sus salvajes ligaduras; aquel que, arrancándome a la muerte, me salvó para desgracia mía? Porque si hubiese yo muerto entonces, no sería ahora para mis amigos y para mí un espectáculo de tan grande aflicción.

Corifeo.- ¡Yo también habría formulado el mismo deseo que tú!

Edipo.- No hubiera sido el asesino de mi padre, no hubiera sido llamado por los hombres el esposo de la que he nacido. Pero hoy tengo a los dioses en contra de mí; soy hijo de un tronco abominable, y, miserable de mí, ¡he fecundado el seno del cual nací! ¡Si hay alguna desgracia más grande que la desgracia misma, ésta ha sido la que ha tocado en suerte a Edipo!

Corifeo.- No sé si tu resolución ha sido razonable; pero para ti, mejor hubiese valido morir que vivir ciego.

Edipo.- No trates de demostrarme que lo que he hecho no ha sido lo mejor, y cesa en tus consejos. No sé con qué ojos podría mirar[33] a mi padre cuando llegase a la morada de Hades, cómo podría mirar también a mi desgraciada madre, pues los crímenes que contra ellos he cometido no los expiaría ni colgándome. Nacidos como han nacido, ¿la vista de mis hijos hubiera sido para mí un espectáculo grato? Seguramente que no; mis ojos no podían ya mirarlos, ni a ellos ni a la ciudad, ni a los torreones ni a las estatuas sagradas de los dioses tutelares. En el colmo de la desgracia, después de haber llevado en Tebas la más bella existencia, yo mismo me he privado de todos esos bienes cuando ordené a todos los ciudadanos que arrojasen al impío, a aquel al que los dioses declaraban impuro, al nacido de los Labdácidas. Después de haber reconocido en mí mismo una tal deshonra, ¿podría mirar justamente con mis ojos a esta multitud? Mil veces no. Además, si fuese posible cerrar también mis oídos, de modo que los sonidos no penetraran en ellos, no hubiera dudado en privar a este miserable cuerpo de oír, a fin de no ver ya nada ni de oír nada al mismo tiempo, pues es un ali-

---

[33] Se creía entonces que el ciego en vida seguiría siendo ciego después de su muerte.

vio sustraer el espíritu de la garra de los males. ¡Ah, Citerón!, ¿por qué me has recogido?, ¿por qué, si me recibiste, no me mataste al momento? Así nunca hubiera tenido que confesar a los hombres de quién había yo nacido. ¡Oh Pólibo!, ¡Ah Corinto! Viejo palacio al que yo llamaba palacio paterno, ¡qué vergüenza habéis hecho crecer en mí bajo la belleza que la ocultaba! Porque hoy, a los ojos de todos, soy un criminal, un monstruo nacido de padres criminales. ¡Oh, triple camino, valle sombreado, bosque de robles, estrecho paso por el triple camino, vosotros que bebisteis mi sangre, que derramaran mis propias manos, mi propia sangre en la de mi padre!, ¿os acordáis de los crímenes con que yo entonces os mancillé y de los que cometí desde mi llegada a Tebas? ¡Oh Himeneo!, ¡oh Himeneo!: tú que me has dado la vida; pero después de habérmela dado, hiciste germinar por segunda vez la misma simiente salida de una misma sangre y de un mismo tronco, un padre hermano de sus hijos, hijos que fueron los hermanos de su padre, una mujer que fue la esposa y la madre de su marido; en resumen, todas las grandes torpezas que pueden existir entre los hombres. Vamos; pues no es bueno decir lo que no es bueno hacer, apresuraos, en nombre de los dioses, a ocultarme lejos de aquí, en cualquier parte; matadme, o tiradme al mar, en un lugar donde jamás me volváis a ver. Acercaos, no desdeñéis tocar a un pobre desgraciado. Creedme, no tengáis ningún temor, pues mis males son tan grandes que nadie entre los mortales es capaz, excepto yo, de soportarlos.

(Entra Creonte.)

Corifeo.- Pero he aquí a Creonte, que llega a propósito para poder satisfacer lo que pides y aconsejarte, pues quedará en lugar tuyo como el único protector de este país.

Edipo.- ¡Desgraciado de mí! ¡Qué voy a poder decir a ese hombre! ¿Es que tengo aún algún derecho a esperar algo de él? ¡No hace mucho lo traté con tanta injusticia...!

Creonte.- No vengo, Edipo, para burlarme de ti ni para reprocharte tus faltas pasadas. Pero vosotros, tebanos, si no tenéis ya ningún respeto hacia las generaciones de los hombres, respetad por lo menos la llama del rey Sol, que nutre todas las cosas, y temed exponer así, sin ningún velo, a ese fantasma de horror que ni la tierra ni la lluvia sagrada ni la luz podrían acoger. Hacedlo entrar sin demora en su palacio, pues es sobre todo a la compasión de sus familiares, y de ellos solamente, a quien pertenece ver y escuchar las desgracias de la familia.

Edipo.- En nombre de los dioses, ya que no me has hecho esperar acercándote a mí, con benevolencia para un gran criminal, escúchame. Es por tu bien y no el mío que quisiera hablarte.

Creonte.- Cuando me imploras de esa forma, ¿qué deseas obtener?

Edipo.- Expúlsame de este país ahora mismo. Haz que me vaya a un sitio en donde nunca más pueda dirigir la palabra a un ser humano.

Creonte.- Lo hubiera ya hecho, créeme, si no hubiese querido saber, ante todo por nuestro dios, lo que conviene hacer.

Edipo.- Pues su respuesta es perfectamente conocida: parricida e impío, ha de morir.

Creonte.- Sí, así ha hablado; pero es preferible, sin embargo, en nuestra situación, saber exactamente lo que es menester hacer.

Edipo.- ¿De modo que vais a consultar el oráculo tratándose del miserable de mí?

Creonte.- Sí, y ahora ya no podrás poner en duda las palabras del dios.

Edipo.- Además, he aquí lo que te pido y lo que te ruego. Da la sepultura que juzgues conveniente a la que está en el palacio, pues es un deber que debes cumplir decentemente en consideración a los tuyos. En cuanto a mí, por largo que sea el tiempo que viva, no consientas nunca que esta ciudad, la ciudad de mi padre, me tenga por habitante. Déjame vivir en las montañas, en el Citerón, que dicen que es mi patria, y que mi padre y mi madre me habían, una vez nacido, asignado para tumba, a fin de que muera donde hubiesen deseado que muriese. Sé, sin embargo, que no será ni la enfermedad ni ningún otro accidente lo que me matará. ¿Hubiera sido salvado cuando me hallaba moribundo, si no estuviese destinado a desgracias mayores? Pero que mi destino camine por donde quiera, que siga su curso. En cuanto a mis hijos, no te inquietes por los varones, Creonte; son hombres, y en cualquier lugar que se hallen no dejarán de proteger su vida. ¡Pero mis hijas, esas dos hijas desgraciadas y dignas de compasión, que nunca fueron apartadas de la mesa en que yo comía, y que siempre compartieron los mismos manjares, cuida de ellas en mi lugar, y sobre todo, déjame tocarlas con mis manos y llorar su desgracia! ¡Piedad! ¡Piedad, príncipe de noble raza! ¡Deja que vengan ellas y mis manos las! toquen como antes...! ¡Me haré la ilusión de que las veo...! ¿Qué oigo? ¿Es que he oído, ¡oh dioses!, sollozar cerca de aquí a mis hijas muy amadas? ¿Por compasión hacia mí, Creonte me ha enviado a mis dos hijas que me son tan queridas?

Creonte.- Tú lo has dicho. Soy yo quien te he concedido que vengan aquí; sabía cuán grande era, desde hace largo tiempo, el deseo que tenías de este consuelo.

Edipo.- ¡Pues bien, soy feliz, Creonte! Y por esta atención que has tenido, que la divinidad te trate mejor que me trató a mí. Hijas mías, ¿dónde estáis? Acercaos; venid aquí, a mis manos... fraternales. Son ellas quienes, como lo veis, han privado de luz los ojos, antes resplandecientes, del padre que os dio la vida. Hace tiempo, ¡oh hijas mías!, yo no veía mejor; no discernía nada y fui vuestro padre, fecundando el seno en donde yo mismo había sido sembrado. No puedo ya veros; pero lloro con vosotras pensando en la dura vida que tendréis que vivir el resto de vuestros días, en contacto con los hombres. ¿A qué Asambleas de tebanos, a qué fiestas iréis, sin que volváis al hogar con los ojos bañados en lágrimas en vez de asistir a sus pompas sagradas? Y cuando hayáis alcanzado la época del matrimonio, ¿quién se presentará?, ¿quién, ¡oh hijas mías!, correrá el riesgo de cargarse con todas las tachas que permanecerán como una vergüenza para mi descendencia, así como para la vuestra? ¿Qué desgracia falta, en efecto, a vuestros males? ¡Vuestro padre ha matado a su padre; ha fecundado a la que lo había concebido, aquella misma de quien había nacido, y os ha hecho nacer del mismo seno en el cual fue concebido! Tales son los oprobios que se os reprochará. Y entonces, ¿quién os desposará? Nadie, nadie, ¡oh hijas mías!; inevitablemente tendréis que languidecer en la esterilidad y la soledad. Hijo de Meneceo, ya que quedas como su padre, pues no existimos ya los que las habíamos engendrado, no desdeñes a estos dos seres que, siendo de tu familia, están condenadas a errar, a mendigar, a vivir sin reposo. ¡Haz que su desgracia no iguale a la mía! ¡Ten piedad de ellas viéndolas tan niñas privadas de todo, salvo de tu ayuda! Hazme, corazón generoso, una señal de asentimiento y tócame con tu mano. En cuanto a vosotras, hijas mías, si tuvieseis ya la edad de la razón, ¡cuántos consejos podría daros! Pero en estos momentos, ¿qué os puedo desear sino que tengáis en cualquier parte que viváis una existencia mejor que la del padre que os dio la vida?

Creonte.- Vamos, ya has llorado bastante. Vuelve bajo tu techo.

Edipo.- Tengo que obedecer, aunque sea muy a disgusto.

Creonte.- Todo lo que se hace oportunamente es una acción buena de ejecutar.

Edipo.- ¿Sabes con qué condiciones me retiraré?

Creonte.- Dilas; las sabré después de habértelas oído.

Edipo.- Que me desterrarás de este país.

Creonte.- Me pides lo que sólo un dios puede conceder.

Edipo.- ¡Pero si soy el hombre más execrado de los dioses!

Creonte.- Ya que es así, obtendrás pronto lo que quieres.

Edipo.- ¿Dices la verdad?

Creonte.- No me gusta decir inconsideradamente lo que no pienso.

Edipo.- Pues bien, llévame lejos de aquí.

Creonte.- Ven, pues, y suelta a tus hijas.

Edipo.- ¡Oh no, no me las quites!

Creonte.- Dejarás de querer ser siempre el amo, pues lo que has obtenido no ha sido siempre por el bien de tu vida.

(Edipo, guiado por Creonte, entra lentamente en el palacio, seguido de sus hijas y de la servidumbre del rey.)

ÉXODO

Coro.- Habitantes de Tebas, mi patria, ved a este Edipo, que había sabido adivinar los famosos enigmas. Era un hombre muy poderoso; ningún ciudadano podía sin envidia, posar los ojos en su prosperidad. Y ahora, ¡en qué abismo de terribles desgracias ha sido precipitado! De modo que hasta esperar su último día, no hay que proclamar feliz a ningún mortal antes de que haya llegado, sin sufrir ningún mal, al término de su vida.

Manos a la obra

ACTIVIDADES GENERALES

1.- Busquen en un diccionario de mitología la historia de
Dionisio. Por lo pronto, les proporcionamos la etimología de su
nombre: **Dio (Zeus) y Niso (de Nisa)**. Relacionen esta defini-
ción etimológica con su historia.
Busquen la historia de Osiris.
Establezcan los puntos en común entre ambas figuras míticas.

2.- Averigüen cómo se agrupaban los miembros del coro y dónde estaban colocados en el escenario. ¿Por quién estaba encabezado el coro y qué instrumento tocaba este personaje? ¿Qué simbolizaba para el público ático la presencia del coro y qué funciones desempeñaba éste?

3.- Busquen información sobre cómo era la indumentaria que usaban los actores, por ejemplo, los "coturnos", las "máscaras" y la "peluca". ¿Qué ventajas tenía el uso de estos accesorios? Averigüen el nombre que recibían las máscaras del teatro griego y explíquenlo. ¿Cuál era el significado de las texturas y hechuras de los vestidos usados por los actores?

4.- Consigan la ilustración de la planta de un teatro ático y señalen cada una de las partes de este local teatral.
Piensen y discutan: ¿qué ventajas y qué desventajas les sugiere la cantidad de público que asistía a las funciones?

5.- Observen detenidamente la ilustración:

Reparen especialmente en la figura del sátiro, en su aspecto físico. Descríbanlo con sus palabras.

Contemplen ahora el ambiente. Fíjense qué parte del cielo y de la tierra se ve.

Observen al resto de los personajes: la ninfa, por ejemplo, que era una deidad benéfica que protegía los ámbitos naturales, sus actitudes.

Creen una breve historia que corresponda a la ilustración. Les conviene seguir un plan de escritura:

- ¿Cómo van a interesar a sus lectores con la historia que quieren contar?
- ¿Qué cosas han sucedido que afectan a los personajes?
- ¿Cuál de ellas es la más conflictiva?
- ¿Cómo se resuelve la situación? ¿Han recibido los personajes ayuda de alguien?
- ¿Quién y por qué los ayuda?

6.- • Preparen una disertación oral sobre la tragedia y el héroe trágico griegos.

• Les conviene hacer un diagrama que les sirva de guía durante la exposición oral. A este diagrama lo llamaremos **Flor de ideas.** En la corola figura el tema elegido: **El héroe trágico.**
En los pétalos –recuadros– que salen de ella, pondrán las ideas más importantes del tema; en los siguientes, las ideas de segundo nivel que les sugieren las del primero, y así sucesivamente. Presten atención a las líneas que unen ciertos recuadros: esas ideas deben estar relacionadas entre sí.
Les proporcionamos el cuadro y algunos recuadros (o pétalos) que ya han sido completados en la página siguiente.

Manos a la obra

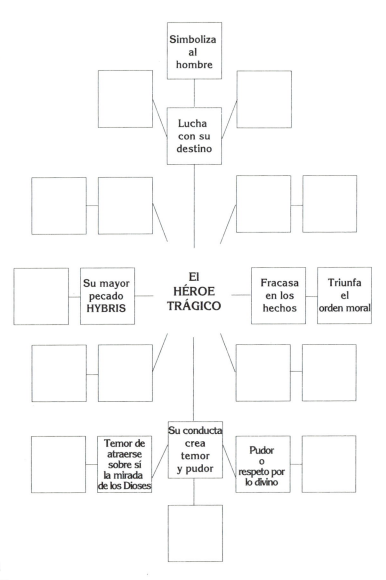

Simboliza al hombre

Lucha con su destino

Su mayor pecado HYBRIS — El HÉROE TRÁGICO — Fracasa en los hechos — Triunfa el orden moral

Temor de atraerse sobre sí la mirada de los Dioses — Su conducta crea temor y pudor — Pudor o respeto por lo divino

7.- ACTIVIDADES RELACIONADAS CON *ANTÍGONA*.

❏ Hagan un guión de lectura de *Antígona* que les permita localizar situaciones, partes, páginas, etc., con rapidez y eficacia. La siguiente ficha les puede servir de ejemplo:

Autor: **Sófocles** Obra: *Antígona*		**Género: Dramático** **Tragedia**
PARTE	**PÁG.**	**A S U N T O**
Prólogo	22	* Antígona e Ismena dialogan sobre los acontecimientos de la noche anterior;
	23	* Antígona la invita secretamente a enterrar a Polinices pese a la prohibición del rey Creonte;
	24	* Ismena se niega con razones fundadas en el respeto a las leyes;
	24	* Antígona lo hará sola, sin ayuda de Ismena.

Pueden hacer, al final del trabajo, una puesta en común que permita aunar criterios y discutir diferencias.

❏ **Temática principal y secundaria**

• Antígona se nos revela como un personaje que asume su soledad desde el principio, situación que no cambia en ningún momento.

a) ¿Con qué dos personajes queda enfrentada? ¿Por qué razones se produce cada uno de esos enfrentamientos?

b) ¿Qué postura mantiene Antígona con cada uno de esos adversarios?

c) ¿Por qué Ismena quiere mantener en secreto el proyecto de Antígona?

d) ¿Por qué Antígona quiere que se divulgue el caso?

Manos a la obra

e) Teniendo en cuenta las preguntas anteriores, están en condiciones de responder qué actitud de Antígona, con respecto a su proyecto, queda planteada desde el PRÓLOGO y a qué tema da lugar en relación con las leyes humana y divina.

•Este conflicto tiene un repercusión de orden social.

Los personajes que están nombrados a continuación se enfrentan a disyuntivas difíciles de resolver por su situación existencial, su necesidad de ser coherentes, su orgullo, sus miedos y su grado de compromiso consigo mismos y con el resto.

* CREONTE, por miedo a perder su autoridad como rey, se vuelve autoritario.

* ANTÍGONA debe decidir entre rebelarse contra Creonte o someterse a él y contrariar así las leyes divinas.

* HEMÓN debe elegir entre ser leal a su padre o ser leal a Antígona, su prometida.

* ISMENA debe optar entre vivir sola, sin sus padres ni hermanos, o morir junto a su hermana.

Expliquen cuál es la opción de cada uno y las razones de su elección.

❐ Estructura de la obra

•Observen el gráfico que puede hacerse de la obra:

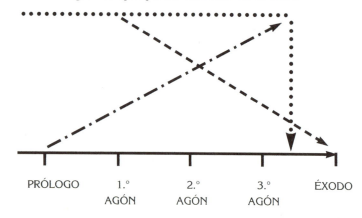

PRÓLOGO   1.° AGÓN   2.° AGÓN   3.° AGÓN   ÉXODO

1) La línea ⟶ representa el proceso que lleva a Antígona a la muerte.

2) La línea – – – – ➤ indica la magnitud del poder de Creonte.

3) La línea — · — · ➤ representa la pequeñez e indefensión de Antígona.

4) La línea • • • • • • • • ➤ muestra la actitud obcecada y ciega sostenida por Creonte.

Discutan entre ustedes:

 a) ¿Qué situaciones hacen que la línea que representa el poderío de Creonte vaya declinando?

 b) Antígona es pequeña e indefensa frente a Creonte por varios motivos, entre ellos las diferencias de edad y de rango social. Sin embargo, hay en ella un enorme poder, quizá menos evidente que en su tío Creonte.

 ¿Por qué la línea que representa el poder de Antígona va en ascenso?

 ¿Pudo haber mostrado una caída esta línea? En caso afirmativo, ¿en qué episodio?

 c) Observen las líneas 1 y 4. ¿Qué similitudes y diferencias hay entre los procesos de ambos personajes?

 ¿Por qué una declina lentamente y la otra abruptamente?

 d) Observen el momento en que la – – – – ➤ línea se cruza con — · — · ➤ .

 ¿A qué momento de la obra corresponde?

 ¿Qué aspectos de la intervención de Hemón provocan esta inversión?

❐ **El coro**

Las intervenciones del Coro son cantadas, aspecto que no se puede apreciar en una traducción en prosa. No obstante, es evidente un profundo lirismo en cada una de ellas.

 a) Respondan:

 ¿Cuál es el tema de la párodos?

 ¿A quién saludan los miembros del coro? ¿Por qué?

¿Qué elementos le restan carácter netamente narrativo y le dan lirismo a su exposición?

b) En el primer grupo de estásimos hay un himno a través del cual el Coro pone de manifiesto su admiración por la grandeza del hombre.

¿Qué razones esgrime el coro para aseverar que el hombre "es la maravilla más sorprendente del mundo"?

El Coro observa, acertadamente, que también "la maravilla más sorprendente del mundo" tiene su contracara hecha de miserable humanidad. ¿En qué parte hace alusión a este aspecto y en qué consiste la "miseria humana"?

c) Nuevamente el tema divino hace su aparición en el segundo grupo de estásimos, pero para hablar, más que del hombre en general, de un ser humano en particular.

¿Qué teoría formula el Coro acerca de las desgracias familiares?

Dice "en la vida de los mortales nada grande ocurre sin que la desgracia se mezcle en ellos". Discutan entre ustedes si hay fatalismo y si la esperanza es engañosa pues estamos determinados por la voluntad divina, según las palabras del Coro.

d) Con respecto al tercer grupo de estásimos, ¿qué hechos lo preceden?

¿Por qué el Coro invoca a Eros en este canto?

¿Quiénes son los referentes de las palabras subrayadas en la siguiente cita: "Tú haces perder la razón al que posees"?

¿Toma partido el Coro en estos estásimos? Fundamenten con citas textuales.

e) En el cuarto grupo de estásimos se evoca a tres personajes míticos: a Dánae y su hijo Perseo, a Licurgo, y a los hijos de Fineo.

¿Qué hechos preceden a estos estásimos?

Tracen un paralelo entre estos mitos evocados por el Coro.

¿Qué infieren acerca de la relación entre los hechos precedentes y este canto del Coro?

f) Es notable el cambio de tono en el quinto grupo de estásimos con respecto a los anteriores. Descríbanlo.

¿Cuáles son las causas de este cambio? ¿A quién canta el Coro? ¿Por qué?

g) Según habrán observado, el Coro está permanentemente en escena. Por eso las conclusiones a todos estos procesos son formuladas por él, en el éxodo.

¿Cuáles son esos conceptos que el Coro puede manifestar a partir de su permanencia continua en escena?

¿Cómo es el tono de esas palabras: triste, sentencioso, admonitorio u otro? Justifiquen su elección.

❐ Los personajes

* Es importante observar que si bien la obra se titula *Antígona,* pretendiendo centralizar la atención en esta figura femenina, es Creonte quien tiene mayor presencia física en la obra. Por eso comenzaremos con el análisis de este último personaje.

* Desde un comienzo, y aun antes de su aparición en escena, tenemos opiniones de los demás personajes sobre él. Completen con citas qué dice cada uno de los personajes señalados en el cuadro que sigue. Si las opiniones que los personajes formulan cambian a lo largo de la obra, anótenlas textualmente en los mismos cuadros, pero con otro color.

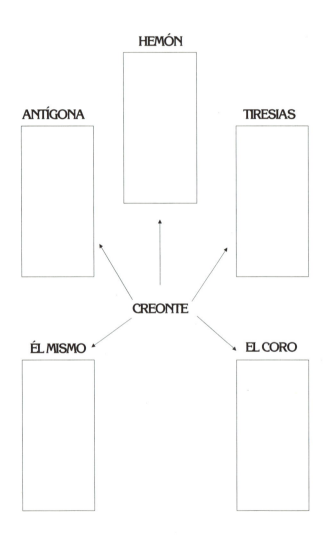

HEMÓN

ANTÍGONA

TIRESIAS

CREONTE

ÉL MISMO

EL CORO

a) ¿Cómo creen ustedes que es Creonte?

b) ¿Cómo es el parlamento, los gestos, las actitudes de Creonte con los demás personajes antes del tercer episodio y después de él?

¿Podríamos decir que Creonte se debilitó?

¿Por qué cambia?

c) El suicidio de Antígona arrastra otras muertes: la de Hemón y la de Eurídice.

¿Merece Creonte, a juicio de ustedes, estas pérdidas tan dolorosas?

¿Qué hay detrás de ellas, más que las muertes en sí, que llevan al personaje a la *anagnorisis* y a la *sophrosyne*?

d) Creonte es el rey. Nadie lo duda.

¿Qué sentimientos despierta en sus súbditos (pueblo, coro, mensajero, guardián)? Fundamenten con citas textuales.

¿Qué sentimientos debería despertar en esos mismos personajes, por el contrario?

e) ¿En qué consiste su pecado de *hybris*? ¿Quiénes se lo señalan?

f) ¿Cuándo y dónde se producen en Creonte temor y piedad?

¿Cuándo se evidencia lo que los griegos conocen como "la disposición del héroe al error", cosa que lo hace pecar siendo bueno?

g) Reflexionen:

¿Por qué, si es Creonte el que padece las consecuencias de su acción, si protagoniza su propio fracaso y lo asume, la obra se centraliza en Antígona ya desde el título?

•Observemos al personaje de Antígona.

a) Sófocles ha diseñado a este personaje con ricos matices.

Describan las actitudes que asume en el Prólogo, el Primer Agón y en su última aparición.

Manos a la obra

b) Transcriban las citas con que mejor se define a sí misma. Expliquen qué quieren decir esas palabras en el contexto.

c) ¿Qué opinan de ella Creonte, Hemón y el Coro?

d) ¿Por qué les parece que, siendo Antígona la protagonista de la obra, su presencia física en escena es menor que la de Creonte? ¿De qué otra manera está presente?

• Igual que el resto, Ismena también evoluciona como personaje, aunque está muy lejos de llegar a ser una heroína.

a) Completen comparativamente, con datos extraídos textualmente u observaciones personales, el proceso de Ismena en el:

PRÓLOGO	SEGUNDO EPISODIO

• Les proponemos hacer un debate, a partir de los argumentos de Ismena y las respuestas de Antígona, sobre alguno de los siguientes temas:

¿LA MUJER ESTÁ SOMETIDA O SE SOMETE A LA VOLUNTAD DEL VARÓN?
ISMENA: ¿PERSONAJE TRÁGICO?
ANTÍGONA: ¿HEROÍNA TRÁGICA?
VENTAJAS Y DESVENTAJAS DE UNA SOCIEDAD MACHISTA
¿ATENTA EL MACHISMO CONTRA LAS MUJERES?
¿ATENTA EL FEMINISMO CONTRA LA FEMINEIDAD?

• Hemón, el enamorado y defensor de Antígona:

a) ¿Cuál es la actitud de Hemón al comienzo del 2º agón?

b) Creonte, su padre, argumenta razonamientos de diversa índole: políticos, afectivos, morales, para persuadirlo de la necesidad de castigar inflexiblemente al culpable, aunque fuere Antígona. Distingan en el texto los argumentos. ¿Cómo reacciona Hemón frente a ellos ?

c) No obstante el respeto que siente y expresa sinceramente por su padre, también cambia Hemón de actitud.

¿Cuál es el punto de inflexión en el discurso de Hemón que revela su modificación actitudinal y afectiva?

¿Qué signos lingüísticos y expresivos delatan el cambio?

¿Qué observa el coro, una vez retirado Hemón de escena, que su propio padre ignora?

¿Se equivoca en su acción el coro? ¿Por qué?

• La figura del anciano Tiresias es recurrente en la tragedia de Sófocles.

¿Cuáles son los rasgos físicos más notorios de Tiresias?

¿Qué importancia tienen?

¿Qué destacan, por contraste, en Creonte?

¿Podríamos afirmar que Tiresias y Creonte son personajes opuestos en cuanto a sus capacidades físicas, y complementarios en cuanto a que ambos tienen poder?

En esta complementariedad reside la diferencia entre ellos. ¿Cúal es?

❏ Lengua y estilo: algunas observaciones

• Desde el punto de vista del léxico, es muy rico el texto. Los personajes, en relación con su posición ante el conflicto, ponen de manifiesto un campo semántico que revela su ideología o,en fin, los revela. Tomemos, como ejemplo, el fragmento del primer agón, en el momento en que Creonte se dirige al Coro, refiriéndose a Antígona:

"Creonte (dirigiéndose al Coro).- Pero has de saber que esos **espíritus demasiado inflexibles** son entre todos **los más fáciles de abatir**, y que **el hierro, que es tan duro**, cuando la llama ha aumentado su dureza, es el metal que **con más facilidad se puede quebrar y hacerse pedazos**. He visto **fogosos caballos** a los que un **sencillo bocado enfrena y domina** (...)."

Referidas a Antígona emplea las expresiones:

"espíritus demasiado inflexibles"
"el hierro que es tan duro"
"fogosos caballos"

Referidas a sí mismo, emplea las expresiones:

"abatir"
"se puede quebrar y hacerse pedazos"
"enfrena y domina"

y, también, se reiteran las expresiones que acompañan a los verbos que indicarían sus acciones:

"los más fáciles"
"con más facilidad"
"sencillo bocado"

Discutan entre ustedes:
¿Qué revelan, de Creonte, los términos subrayados?
Busquen otros ejemplos similares, en el segundo agón, relativos a Creonte y Hemón y, en el tercer agón, a Creonte y Tiresias.

8.- ACTIVIDADES RELACIONADAS CON *EDIPO REY*

❏ En el prólogo, Edipo se ha presentado personalmente ante la

multitud tebana que lo espera "suplicante". Textualmente dice:
"Hijos míos...", dos veces.
"Nuestra ciudad..."
"...he creído preferible informarme por mí mismo y no por mensajeros..."
"...he querido presentarme aquí mismo, en persona."
"Heme aquí dispuesto..."
"...si no me conmoviese ..."

¿Por qué creen que hay un uso abundante de pronombres y verbos en 1.° persona?

• ¿Qué concepto tienen, de Edipo, el sacerdote de Zeus y el pueblo de Tebas? Fundamenten con citas textuales.

• El compromiso de Edipo con su pueblo se pone en evidencia en varias instancias: en primer lugar, a través del afecto paternal de su trato; en segundo lugar, a través de la sincera preocupación por averiguar quién fue el asesino de Layo; en tercer lugar, a través del cumplimiento de su deber como rey gracias al cual quiere "vengar a la ciudad y al dios". ¿Cuál es la otra instancia –última y definitiva–, reveladora de este compromiso de Edipo?

• Reflexionen acerca de las siguientes circunstancias:

Edipo:
a) creía que era extranjero, más precisamente corintio;
b) ignoraba que Yocasta era su madre, así como ella ignoraba que él era su hijo;
c) no conocía a Layo, a quien mató junto con su comitiva en defensa propia;
d) adivinó, entre tantos jóvenes que lo intentaron, el enigma de la esfinge, que lo acreditó como nuevo rey de Tebas.
Piensen: ¿Por qué es, entonces, culpable de la peste que devasta la ciudad, si nada de lo sucedido fue con conocimiento e

133

intención de su parte?

• A lo largo de la obra, el oráculo es fuente permanente de consulta.

¿En qué coinciden los mensajes oraculares recibidos por Layo y Edipo?

¿Cuál es la actitud de ambos personajes frente a ellos? ¿Cuál es su pecado?

• El encuentro del rey Edipo con el adivino ciego, Tiresias, se caracteriza por el clima irascible, violento, a causa de que Edipo ofende al anciano diciéndole: "En tus labios (la verdad) es débil, ya que tus oídos, tu espíritu y tus ojos están ciegos". Aquí se da una situación paradójica. Reflexionen: ¿Necesita Tiresias sus ojos para ver? ¿Quién es el "verdadero ciego" entre este par de personajes? ¿Por qué? ¿Qué dos significados tiene la palabra "ver", en este caso?

• Edipo vive una real peripecia: lo conocemos rey, poderoso, sabio y feliz. Completen el siguiente cuadro que describe la inversión del personaje y su destino:

AL COMIENZO DE LA TRAGEDIA ES ...	AL FINAL DE LA TRAGEDIA ES...
REY	....
PODEROSO ·························	···
SABIO..................................	....
FELIZ ·································	···

Observen detenidamente el cuadro. Aquí también se produce una situación paradójica. Según la primera columna, Edipo lo tiene todo. Según la segunda, nada. Relacionen el cuadro con las últimas palabras del coro. Discutan entre ustedes: ¿Cuál es la enseñanza que deja la obra a los receptores?

❐ ¿Podríamos decir que la actitud religiosa de Antígona, quien sólo quiere agradar a los dioses enterrando a su hermano, es el resultado de haber aprendido la lección enseñada por la suerte de su padre? Si Antígona como hija simbolizara al pueblo de Tebas, "hijos" del rey Edipo, según su trato en el Prólogo, ¿sobre quiénes tiene influencia esta tragedia en particular y la tragedia en general? ¿Qué clase de influencia?

• Reúnanse en grupos. Elija cada grupo uno de los siguientes temas, reflexione sobre él y exponga las conclusiones.

  *¿Para qué les sirve conocer la historia de Edipo, un personaje representante del siglo V a.C., a ustedes, jóvenes de fines del siglo XX?

  *¿Logra transmitir esperanza el final de esta tragedia?

  *¿Por qué Edipo no elige el suicidio, como su madre-esposa?

  *¿Cuáles son las diferencias y similitudes entre Edipo y Antígona, como héroes trágicos?

Manos a la obra

Cuarto de herramientas

FICHAS BIBLIOGRÁFICAS

HAUSER, Arnold. **HISTORIA SOCIAL DEL ARTE Y LA LITERATURA.** Madrid, Guadarrama, "Col. Universitaria de Bolsillo", 1969, 3.° ed., tomo 1, cap. 3, págs. 122-123.

"En el teatro de las fiestas solemnes posee la polis su más valioso instrumento de propaganda; y, desde luego, no lo entrega sin más al capricho de los poetas. Los poetas trágicos están pagados por el Estado y son proveedores de éste; el Estado les paga por las piezas representadas pero, naturalmente, sólo hace representar aquellas que están de acuerdo con su política y con los intereses de las clases dominantes (...). Nada estaba más lejos de la opinión artística de aquel tiempo que la idea de un teatro completamente desvinculado de toda relación con la política y la vida (...).

Por su parte, las Dionisíacas, introducidas por Pisístrato en Atenas, son fiestas político-religiosas en las que el factor político es incomparablemente más importante que el religioso.

Pero las instituciones culturales y las reformas de los tiranos se apoyan en auténticos sentimientos y exigencias del pueblo y deben en parte su éxito a esta disposición sentimental. La democracia, lo mismo que antes la tiranía, utiliza la religión principalmente para vincular las masas al nuevo Estado.

PERSSON NILSON, Martín. **HISTORIA DE LA RELIGIÓN GRIEGA**. Bs. As., Eudeba, "Temas de Eudeba", 1968.

"(...) La idea del poder divino sobrevivió en la concepción del destino inevitable del hombre y halló expresión en las palabras "la divinidad", "lo divino", **"el daimon"**. Se podía encumbrar, en la altura inaccesible que suponía ese enfoque, una noción abstracta de los dioses. Ellos gozan de la felicidad completa, del poder total. La transgresión del límite se llama insolencia **(hybris)**; el hombre no debe ser tan atrevido como para tratar de elevarse por encima de su suerte mortal. 'Hay que pedir a los dioses lo que conviene a un espíritu mortal –dice Píndaro– conociendo lo que está a nuestros pies y la porción adjudicada al nacer. Alma mía, no aspires a una vida inmortal, mas agota tus recursos posibles'. (...) Recuerda que eres un hombre, especialmente en las épocas de felicidad, porque en ellas el hombre está más propenso a olvidarse del destino de una vida mortal. Cuando la felicidad ha llegado a su culminación, la ruina está en el lugar más cercano. Son los picos más altos los que el rayo más a menudo hiere. Los hombres no deben subir muy arriba, demasiado cerca de los dioses, como hicieron los tiranos; ellos o su linaje terminaron en la ruina."

Cuarto de herramientas

KITTO, H.D.F. **LOS GRIEGOS**. Bs. As., Eudeba, "Lectores de Eudeba", 1966 , 3.º ed., págs. 235-236.

"La palabra **hamartía** significa "error" "falta", "crimen" o "pecado"; literalmente significa "errar el blanco", "un tiro fallido". Entonces exclamamos ¡qué intelectualistas eran estos griegos! El pecado es precisamente "errar el blanco". ¡Mejor suerte otra vez! Esto parece confirmarse cuando hallamos que algunas virtudes griegas parecen ser tan intelectuales como morales, circunstancia que las hace intraducibles, ya que nuestro vocabulario debe distinguirlas.Tenemos la palabra **sophrosyne**, literalmente "disposición total" o "disposición invariable". Según el contexto significará "sabiduría", "prudencia", "moderación", "castidad", "sobriedad" "modestia" o "auto-dominio", es decir, algo íntegramente intelectual, moral o intermedio. La dificultad con esta palabra, como con **hamartía**, consiste en que nosotros pensamos más fragmentariamente. **Hamartía**, "un mal tiro", no significa "mejor suerte otra vez"; significa más bien que un error mental es tan culpable, y puede ser tan mortal, como un error moral. Para completar nuestra educación, hallamos que en sectores donde usaríamos términos intelectuales, en la teoría política, por ejemplo, el griego usa palabras cargadas de contenido moral. "Una política agresiva" es posiblemente **adikía**, injusticia, aun cuando no sea **hybris**, "desenfrenada maldad"; mientras que "engrandecimiento" o "explotación" es **pleonexia**, "intento de obtener más de lo que nos corresponde", lo cual es juntamente un error intelectual y moral, un desafío de las leyes del universo."

KITTO, H.D.F. **LOS GRIEGOS**. *Bs. As, Eudeba, "Lectores de Eudeba", 1977, 9.° ed., págs. 242-243*

*"Debemos ahora considerar otro aspecto de la mentalidad griega: su firme creencia en la Razón. Hay una graciosa aunque posiblemente apócrifa historia de un filósofo chino a quien se preguntó sobre qué reposaba la Tierra. 'Sobre una tortuga', dijo el filósofo. '¿Y sobre qué reposa la tortuga?' 'Sobre una mesa'. '¿Y sobre qué la mesa?' 'Sobre un elefante'. '¿Y sobre qué descansa el elefante?' 'No sea preguntón'. Sea o no chino, lo cierto es que este cuento no es helénico. El griego jamás dudó ni por un momento de que el universo no es caprichoso: obedece a la ley y, por consiguiente, es susceptible de una explicación. Hasta en el prefilosófico Homero encontramos esta idea, pues detrás de los dioses (si bien a veces identificado con ellos) hay un poder sombrío que Homero llama **Ananké**, la Necesidad, un orden de las cosas que ni siquiera los dioses pueden infringir. La tragedia griega está forjada sobre la fe en que la ley reina en los asuntos humanos y no el azar."*

Cuarto de herramientas

CRONOLOGÍA DE LA LITERATURA GRIEGA EN EL SIGLO V a.C.

ACONTECIMIENTOS LITERARIOS	ACONTECIMIENTOS HISTÓRICOS CULTURALES, RELIGIOSOS, CIENTÍFICOS
550 Composición de las principales fábulas de Esopo.	**550** Progreso de la matemática gracias a Pitágoras y su escuela. El pitagórico Filolao establece, aunque con errores, la redondez de la Tierra. **541** Comienza el último gobierno de Pisístrato.
534 Tespis representa tragedias en Atenas. **525** Nace Esquilo. **520** Nace el poeta Píndaro.	
	510 Fin del gobierno del partido de Pisístrato en Atenas. **507** Reformas de Clístenes. **505** Predominio espartano en Grecia. **500** Comienza en Grecia el período clásico, conocido como el siglo de Pericles. Imperan el racionalismo y el naturalismo. Construcción del templo de Zeus y el Partenón. Escultores destacados: Mirón, Policleto y Fidias (autor de las esculturas del Partenón). Escuela médica en Crotona. **499** Nace Pericles.

Comienzan las guerras persas.

496 Nace Sófocles.

490 Batalla de Maratón.
485 Hierón de Siracusa en el gobierno.

484 Nace Eurípides.
480 *Las suplicantes*, de Esquilo.
479 *Prometeo encadenado*, de Esquilo.

480 Las Termópilas. Salamina. Himera.

477 Comienza la hegemonía política de Atenas.

472 *Los persas*, de Esquilo.

471 Ostracismo de Temístocles.
469 Nace Sócrates.

467 *Siete contra Tebas*, de Esquilo.

460 Nace Hipócrates de Cos, fundador de la medicina científica, y el historiador Tucídides.

458 *La Orestíada*, de Esquilo.
456 Muere Esquilo.

451 Pericles sanciona la ley de ciudadanía.
450 Nace el comediógrafo Aristófanes.
450 Enjuiciamiento de Anaxágoras.

449 Fin de las guerras persas. Continúan las luchas entre atenienses y espartanos por el predominio en Grecia.
445 Apogeo del historiador Heródoto.
444 Comienza el gobierno de

443 *Antígona*,
de Sófocles.
   Ayax, de Sófocles.

438 *Alcestis*,
de Eurípides.

431 *Medea*,
de Eurípides.
430 *Hécuba*,
de Eurípides.
429 *Edipo Rey*,
de Sófocles.
428 *Hipólito*,
de Eurípides.

Heráclitas,
de Eurípides.
Heracles, de Eurípides.
Andrómaca,
de Eurípides.
Ión, de Eurípides.
Las suplicantes,
de Eurípides.
425 *Los arcanenses*,
de Aristófanes.

415 *Las troyanas*,
de Eurípides.
413 *Electra*,
de Eurípides.

412 *Elena*, de Eurípides.

Pericles.

441 Samos se rebela contra Atenas.

432 Se da fin a la construcción del Partenón.
431 Comienza la guerra del Peloponeso.

429 Muere Pericles.

427 Nace Platón.

421 Paz de Nicias.

413 Se reinician las hostilidades entre Esparta y Atenas. Fracasa la expedición ateniense contra Siracusa.

411 Comienza el gobierno de
los 400.

409 *Filoctetes*,
de Sófocles.
408 *Ifigenia de
Táuride*, de Eurípides.
Fenicias, de Eurípides.
Orestes, de Eurípides.
406 Muere Eurípides
Electra, de Sófocles.
Las traquinianas,
de Sófocles.
405 Muere Sófocles.
Estreno póstumo de
Las bacantes y de
Ifigenia en Áulida,
de Eurípides.

406 Se da fin a la construcción del
Erecteo.

404 Fin de la guerra del
Peloponeso.

401 Estreno póstumo
de *Edipo en Colona*
de Sófocles

Cuarto de.herramientas

LOS TRES GRANDES TRÁGICOS GRIEGOS

	ESQUILO	SÓFOCLES	EURÍPIDES
LOS TEMAS TRATADOS SON:	tradicionales y religiosos		tradicionales, sociales y religiosos
LOS PERSONAJES SON:	heroicos, con condiciones sobrehumanas, que progresivamente se vuelven más realistas		hombres comunes
GOBIERNA A LOS PERSONAJES:	la justicia inexorable	la fatalidad	la pasión
EL CONFLICTO SE DA ENTRE:	el hombre y las leyes divinas		el hombre y sus pasiones
ASPECTOS RELIGIOSOS:	*Zeus justiciero como cabeza de dioses que se comportan como tales. *No hay evolución religiosa.	*Los dioses a veces se equivocan. *Evolución: a) se sostiene que "la mejor suerte es no nacer". b) el hombre se transforma en dios.	*Los dioses tienen iguales o peores defectos que los hombres. *Son mentirosos. *Llevan a la muerte.
	Ambos autores creen y explican el sentido de la religión		No cree en los dioses.
PREVALECE:	lo moral - religioso		lo psicológico

SOBRE ORÁCULOS, ADIVINOS Y PARCAS

"... En el año 560 el reino de Lidia, en la parte occidental de Asia Menor, tuvo un monarca cuyo nombre aún nos resulta familiar: el fabuloso Creso. Logró someter a las ciudades griegas de Jonia; pero Creso era un hombre civilizado y un tanto helenófilo, de modo que ser conquistado por él no era una calamidad irreparable. Se sentía feliz de gobernar las ciudades por medio de "tyrannoi" griegos que le eran adictos. Por aquel entonces, un persa llegó al trono del reino de Media situado más al este. Fue Ciro el Grande. Siendo rey en el norte de la Mesopotamia se apoderó de Babilonia gobernada a la sazón por el hijo de otra figura conocida, "Nabucodonosor, el rey de los judíos". Una vez conquistada Babilonia, se dispuso a hacer lo mismo con Lidia. La (...) guerra fue iniciada por Creso. Consultó el oráculo de Delfos por el cual tenía el mayor respeto (así dicen los griegos) y se le dijo que si atravesaba el río Halis, la frontera entre él y Ciro, destruiría un poderoso imperio. Atravesó en efecto el Halis y destruyó un imperio poderoso. Pero, por desgracia, este imperio era el suyo. El muy tonto se había olvidado de preguntar cuál era el imperio que iba a destruir."

En : *Los griegos*, de H.D.f. Kitto. Bs. As., Eudeba, 1977.

"Hay tres Parcas unidas vestidas con túnicas blancas que Erebo engendró en la Noche: sus nombres son Cloto, Laquesis y Átropo. De ellas Átropo es la más pequeña en estatura pero la más terrible.

Zeus, que sopesa las vidas de los hombres e informa a las Parcas de sus decisiones, puede, según dicen, cambiar de idea y salvar a quien le plazca cuando el hilo de la vida, hilado por el huso de Cloto y medido con la vara de Laquesis, está a punto de ser cortado por las tijeras de Átropo.

Por el contrario, hay quien cree que el propio Zeus está sometido a las Parcas tal como confesó en una ocasión la sacerdoti-

sa Pitia en un oráculo; pues no son hijas suyas sino hijas parte-
nogenéticas de la gran diosa Necesidad, contra la cual ni siquiera los dioses pueden luchar y que es conocida por el nombre de
'El Destino fuerte'."

En: *Los mitos griegos*, de Robert Graves. Bs.As., Hispamérica,
1985.

"La Esfinge de los monumentos egipcios (llamada 'Andro-
esfinge' por Heródoto, para distinguirla de la griega) es un león
echado en la tierra y con cabeza de hombre; representaba, se
conjetura, la autoridad del rey y custodiaba los sepulcros y templos. Otras, en las avenidas de Karnak, tienen cabeza de carne-
ro, el animal sagrado de Amón. Esfinges barbadas y coronadas
hay en los monumentos de Asiria y la imagen es habitual en los
templos persas. Plinio, en su catálogo de animales etiópicos,
incluye las Esfinges, de las que no precisa otro rasgo que el
pelaje pardo rojizo y los pechos iguales.
   La Esfinge griega tiene cabeza y pechos de mujer, alas de pája-
ro y cuerpo y pies de león. Otros le atribuyen cuerpo de perro y
cola de serpiente. Se refiere a que asolaba el país de Tebas
proponiendo enigmas a los hombres (pues tenía voz humana) y
devorando a quienes no sabían resolverlos. A Edipo, hijo de
Yocasta, le preguntó: ¿Qué ser tiene cuatro pies, dos pies o tres
pies y cuantos más tiene es más débil?"

En: *El libro de los seres imaginarios*, de Jorge Luis Borges.
Barcelona, Brughera, 1978.

"DEL DIARIO EPISTOLAR DE CÉSAR A LUCIO MAMILIO
TURRINO, EN LA ISLA DE CAPRI
   ...Incluyo, en el envío de esta semana, una media docena de
los innumerables partes que, en mi calidad de Supremo
Pontífice, recibo de los augures, adivinos, aeromámticos y ago-
reros. (...)
   He recibido en herencia esta carga de superstición e insensa-

tez. Gobierno a innumerables hombres pero debo reconocer que soy gobernado por pájaros y truenos. Todo esto suele entorpecer las actividades del gobierno ya que cierra al mismo tiempo, durante días y semanas, las puertas del Senado y de las Cortes.

(...) Una tarde en el valle del Rin los augures de nuestros cuarteles generales me prohibieron trabar batalla con el enemigo. Al parecer nuestros pollos sagrados estaban comiendo con demasiados remilgos. Las Señoras Gallinas cruzaban las patas al caminar, inspeccionaban a menudo el cielo y miraban hacia atrás por encima del hombro. (...) También a mí, al entrar en el valle, me había desanimado observar que era sitio frecuentado por las águilas(...) Aquella noche (...) A la mañana siguiente el ejército entero aguardaba en suspenso la voluntad de los dioses. (...) Y se me permitió ganar la batalla de Colonia.

Sin embargo -y esto es lo que importa más- tales prácticas vulneran y socavan, en el espíritu de los hombres, el verdadero sentido de la vida. Procuran a nuestros romanos, de los barrenderos a los cónsules, una vaga sensación de confianza donde no la puede haber y los llenan al mismo tiempo de un terror penetrante que ni impulsa a la acción, ni aguza el ingenio, sino que, por el contrario, paraliza. Quitan de sobre los hombros de los ciudadanos la responsabilidad irremisible de crear hora por hora su propia Roma."

En: *Los idus de marzo*, de Thornton Wilder. Bs As., Emecé, 1949.

IMÁGENES DE
LOS TEATROS GRIEGOS

El teatro antiguo de Epidauro.

El teatro de Dionisio.

BIBLIOGRAFÍA

Los siguientes textos pueden serles útiles para iniciar o continuar una investigación.

Si están interesados en obtener más información sobre el teatro desde sus orígenes hasta nuestros tiempos, un libro sintético y agradable para leer es **Historia del teatro** de Robert Pignarre (Buenos Aires, Eudeba, 1962). **Historia social de la literatura y el arte** de Arnold Hauser (Madrid, Guadarrama,1969) tiene una perspectiva interesante: plantea la cultura y el arte desde sus raíces sociales, atendiendo a fenómenos económicos, políticos, filosóficos; pero cabe aclarar que no es de fácil lectura.

Sobre la cultura griega, el texto de Petrie, **Introducción al estudio de Grecia** (México, Fondo de Cultura Económica, 1963) es sumamente provechoso por la organización de los temas y la claridad en la expresión. Werner Jaeger (**Paideia,** México, Fondo de Cultura Económica, 1969) trata fundamentalmente el tema de los ideales de la educación griega, y tiene un apartado especial para la tragedia de Sófocles. **Los griegos** de H.D.F. Kitto (Buenos Aires, Eudeba, l966) es recomendable si lo que desean es conocer lo que significó el mundo helénico, entreteniéndose con el tono muchas veces humorístico de este autor.

Datos sobre teoría del texto teatral encontrarán en el libro de Raúl Castagnino, **Teoría del teatro** (Buenos Aires, Nova, 1959) para ser completados con el de Samuel Seldon (**La escena en acción**, Buenos Aires, Eudeba), del cual pueden aprovechar especialmente lo relativo al lenguaje escénico y la ambientación escenográfica. La lectura de la **Poética** de Aristóteles (Madrid, Aguilar, 1966) no es la más conveniente para el público escolar, pero, guiados por un docente, es una material de referencia importante.

151

ÍNDICE

❖

Colección Del Mirador
Literatura para una Nueva Escuela

Títulos publicados:

Nelly Fernández Tiscornia • *Despacio, escuela - La vida empieza con A*

Horacio Quiroga • *Quiroga - Nivel Uno* -*Cuentos de la selva* y otros

Horacio Quiroga • *Quiroga - Nivel Dos* -*de Cuentos de amor de locura y de muerte* y otros

Horacio Quiroga • *Crónicas del bosque*

Sófocles • *Antígona - Edipo Rey*

Anónimo • *Lazarillo de Tormes*

Federico García Lorca • *La casa de Bernarda Alba*

Federico García Lorca • *Bodas de sangre*

William Shakespeare • *Romeo y Julieta*

Edmon Rostand • *Cyrano de Bergerac*

Henry James • *Otra vuelta de tuerca*

Oscar Wilde • *El fantasma de Canterville*

Miguel de Unamuno • *Abel Sánchez*

Marco Denevi • *Ceremonia secreta*

Marco Denevi • *Rosaura a las diez*

Marco Denevi • *Cuentos escogidos*

Lope de Vega • *Fuenteovejuna*

Varios • *Cuentos clasificados 1* (Antología de cuentos)

Varios • *Cuentos clasificados 2* (Antología de cuentos)

Franz Kafka • *La metamorfosis-Carta al padre*

De próxima aparición:

Varios * *La sociedad de los poetas vivos* (Antología de poesía lírica)

Alejandra Pizarnik * *Antología poética*

❖

Este libro se terminó de imprimir en el mes de marzo de 1997, en Indugraf S.A., Sánchez de Loria 2251 (1241) Buenos Aires, República Argentina.